アフター・ザ・ダンス
ハイチ、カーニヴァルへの旅

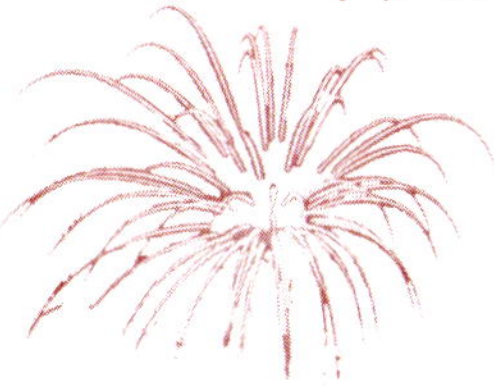

エドウィージ・ダンティカ
くぼたのぞみ 訳

現代企画室

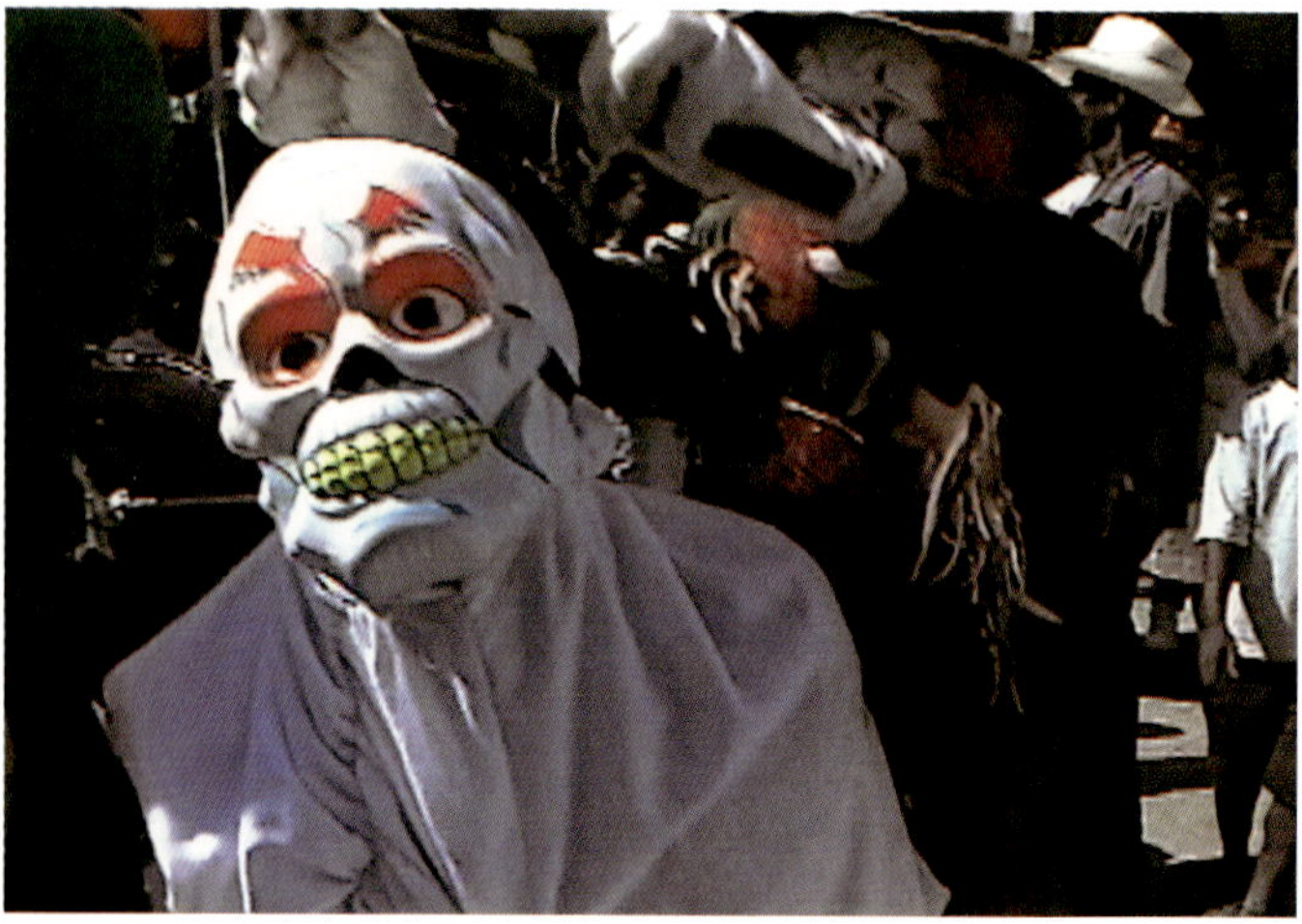

上・子どもたちをおどしてみせるゾンビやシャロスカ。

左ページ上・パレードでは実在の動物や想像上の動物が、色あざやかなコスチュームで行進する。

左ページ下・張りぼての仮面をかぶった有名人は、いつも大ヒットだ。

ハイチ人の大半は地方に住む小規模自作農民。採れた作物を遠い市場まで売りにいくのはいつも女性。

ハイチの人びと。

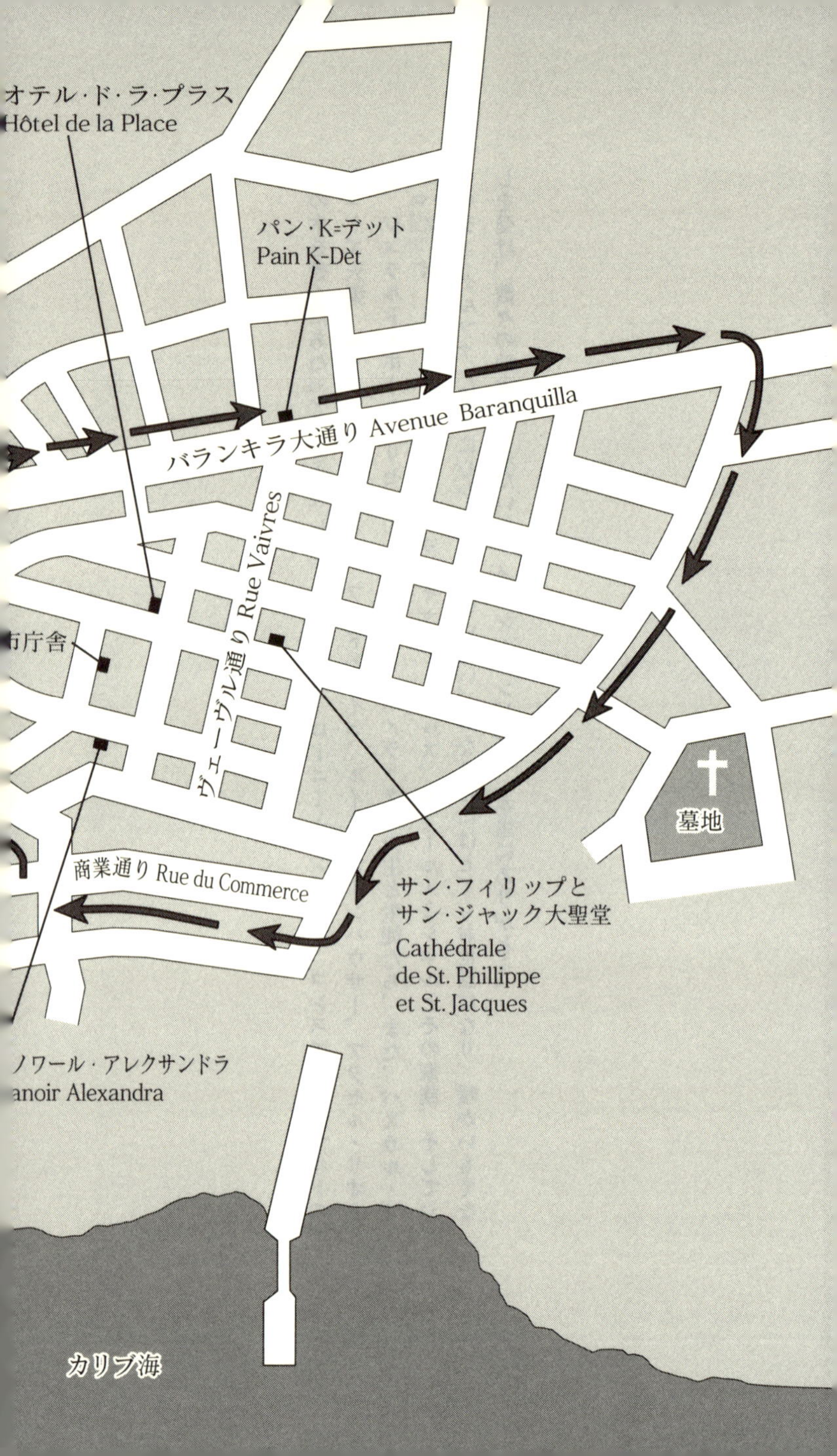

オテル・ド・ラ・プラス
Hôtel de la Place
パン・K=デット
Pain K-Dèt
バランキラ大通り Avenue Baranquilla
ヴェーヴル通り Rue Vaivres
市庁舎
墓地
商業通り Rue du Commerce
サン・フィリップと
サン・ジャック大聖堂
Cathédrale
de St. Phillippe
et St. Jacques
ノワール・アレクサンドラ
anoir Alexandra
カリブ海

ジャクメル市街図

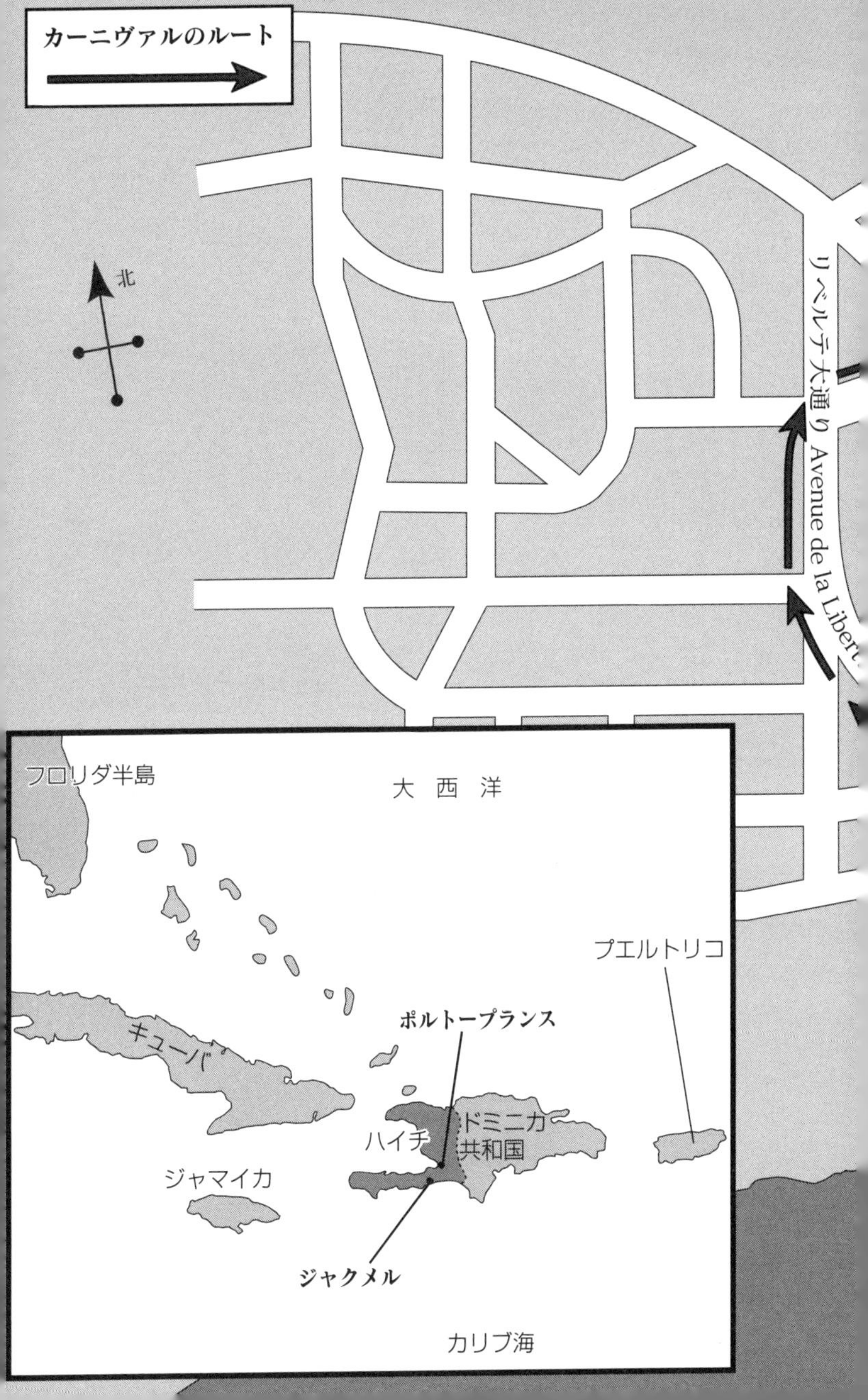
カーニヴァルのルート
北
リベルテ大通り Avenue de la Libert
フロリダ半島
大 西 洋
プエルトリコ
ポルトープランス
キューバ
ドミニカ
共和国
ハイチ
ジャマイカ
ジャクメル
カリブ海

ブレイクに入ったころを見はからい、わたしは身体を斜めにして群衆のなかにすべり込んだ。広場はカーニヴァルに参加するグループで埋めつくされていた。予告どおり、南東部出身のもっとも有名なグループがいた。ミュージシャンもダンサーも、小休止している楽器と渾然一体となって、一瞬、そこに野営でもさせられているように見えた。さまざまなタイプのドラム、バンブーホルン、コンク貝、打楽器《ラトル》、サクソフォン、フルート、角笛、アコーディオン。あっちでもこっちでも、木陰でも、ジャクメルの住民たちが飲んだり食べたりしながら物語を語りはじめた。

ルネ・デペストル

『わが夢のすべてにアドリアナが』

ジャクメル、二〇〇一年

「カーニヴァル・カントリー」

「カーニヴァルのあいだジャクメルはもう、ただの町や都市じゃなくて、カントリー——国になるんだ」レモネードの入ったトールグラスごしにそう語るのはミシュレ・ディヴェルス、ジャクメルでいちばん名の知れたカーニヴァルのエキスパートだ。場所はオテル・ド・ラ・プラスの風通しのいいテラス、ジャクメルのベルエア地区にある、レストラン、バー、スーヴニールショップが入ったヴィクトリア様式の、白い三階建てのホテルだ。そのテラスから、目とおなじ高さに火炎樹《フランボワヤン》がたくさん植わった広場《ピアッツア》が見え、柱廊の低い壁に若者たちがまたがって、せわしく行き交う人や車の流れを見物している。

わたしは自分にとって初めての全国カーニヴァルを見にやってきていた。ディヴェルスの説明によると、ジャクメルは一九九二年からずっと、週末ごとにふたつのカーニヴァルを主催してきたという。ハイチ全土から、さらには国外に渡ったハイチ人も引き寄せる全国カーニヴァルと、おもにジャクメル住人が参加するローカルなカーニヴァルだ。

わたしが次の日曜日に予定されている全国カーニヴァルの催しに参加するつもりだというと、みんな声をそろえて、まずディヴェルスと話をしたらいいといってくれた。

がっしりした体格に太い黒縁の眼鏡をかけた四十七歳のディヴェルスはラジオ解説者で、以前は学校の校長先生だった人だ。そのディヴェルスがさっそく切り出す。自分はジャクメルを、この時だけはどこにも負けない場所にするぞ、なんて意気込むつもりはない。でもジャクメル住民のなかには、ハイチの観光ガイドがいうように、ハイチのリヴィエラとか、カリブ海のイビサなどといって、ありきたりの南の海辺町のイメージをあてはめたがる者がいる。外部の人間がこの国のほかの土地、とくに首都のポルトープランスのような土地に抱いているイメージから切り離したいんだ。ポルトープランスは汚くて、貧しくて、政治的混乱もあって、とにかく、祝祭的雰囲気とはほど遠い。

「ジャクメルはそうじゃない。カーニヴァルのときはとりわけね」とディヴェルスはいう。

　根っからのジャクメリアンであるディヴェルスは、『ジャクメルのカーニヴァル』という本を書き、今年はふたつのカーニヴァルのカルチュラル・アドヴァイザーをやっている。ということは、カーニヴァル委員会のメンバーといっしょに、日曜の通りを練り歩くカラフルなパレードでだれもが欲しがるスポットを、どのバンド、仮装グループ、個人、動物に、どう割りあてるかを決めねばならないということだ。

　ディヴェルスにはいわなかったけれど、わたしはハイチでカーニヴァルを積極的に楽しむのはこれが初めてなのだ。そんな参加のし方って、カーニヴァルを人生最大のパッションとしている人からすればとても変に見えるのじゃないかと不安になってくる。ハイチの作家が（わたしのことだ）――たとえ二十年前にわずか十二歳で国を離れたとしても――自分の国のカーニヴァルに一度も参加したことがないだって？　いったいどういうことだい？　そんなふうに彼がきいてくるのは目に見えている。

　ハイチに住んでいた子どものころは、両親がニューヨークへ移民して生活が落ち着くまで、洗礼派教会の牧師だったおじさん夫婦といっしょに暮らしていたので、一度も

「カーニヴァルに参加」させてもらえなかった。ハイチ系アメリカ人のラッパー、ウィクラフ・ジャンが一九九七年のアルバム「カーニヴァル」で、しきりとみんなをさそっているようにはいかなかったのだ。わたしは（十二歳にもなっていなかったし）幼すぎたし、歳の割には背が低く、おまけにわたしたちは首都のなかでも、偶然なのだけれど、おなじようにベルエアと呼ばれる——でもジャクメルのベルエア地区とは対照的な——最貧地区に住んでいた。四旬節前の日々、解き放たれたように踊り狂うなんて、身体をぶつけてひしめきあい、山車にするため荷台を平らにしたトラックの巨大な車輪からわずか数インチのところで踊るなんて、幼いわたしには危険すぎると考えられたのだ。それでも、アメリカ人の子どもにもサーカスに加わりたいと熱望する風変わりな子がいるように、どうしても行ってみたいと思いつづけるわたしをカーニヴァルから遠ざけておくため、長年にわたり、おじさんはカーニヴァルは怖いという話を次から次へと紡ぎ出した。

カーニヴァルでは決まって怪我人が出る、とおじさんはいった。自分たちのせいだ。やりたい放題ぐるぐるまわれば腰も肩も関節がはずれてしまうし、大声で歌うから声もかれる。山車が積んでるバカでかいスピーカーは、観客席やまわりの人間にむかって生の音楽をガンガン浴びせるから、みんな耳が聞こえなくなる。カーニヴァルに行くと、たたかれたり刺されたり、滅茶苦茶に殴られたり、はては撃たれたりするぞ。たまたま頭に血がのぼったやつだけじゃない、人込みに紛れてここぞとばかりにうっぷん晴らしをするやつがいるんだ。若い娘は、薄汚い年寄りやら、若いやつらにだって、いいようにもてあそばれてスポンジみたいにつぶされちまうんだぞ。力ずくで「十セント《マリヤージュ》（または十分《プディス》）結婚」の仲間に入れられることだってある。これは結婚《マリヤージュ》なんていってるが、どこの馬の骨かわからないやつと片っ端から刺激的なセックスをするってことだ。それに、危ない交感の世界に入ってしまうと、カーニヴァルではごく普通の、魅力的に見える人物がじつは人間じゃなくて悪魔だったってこともあるんだぞ、と。おまけに、わたしが生まれてからの十二年は、フランソワ・「パパ・ドック」・デュヴァリエとその息子ジャン・クロードによる専制政治がハイチを支配していた。おおやけの行事にはかならず軍隊が出てきたから、通りはさらに危険になった。カーニヴァルではいつだって、民兵や国軍兵士が人びとの頭上に棍棒や小銃の台尻を振りおろした。

そういったことからわたしを遠ざけておくために、おじさんはわたしだけでなく家中の人間を引き連れてレオガーンの山へ引きこもり、宗教的な隠遁生活を送った。そこはわたしの祖父母が生まれた土地で、カーニヴァルの週はずっと、家畜に餌をやったり農作業をしたりして親戚を手伝ってすごした。山の親戚のなかにも野卑な歌を歌ったり、カーニヴァルを自由に楽しむために一時的に夫と離婚して子どもを放り出す妻たちをみだらな冗談にする人はいた。そういうこともあったけれど、でも、わたしを何年もハイチのカーニヴァルの祝祭から遠ざけていたのはおじさんの話のせいだった。

おじさんの話なんてすっかり忘れてしまったと思ってからでさえ、わたしは巨大な群衆のなかに自分が生き埋めにされるのじゃないかと、かすかな恐怖を抱きつづけた。まわりにぎっしりと人垣ができて、そこから出られそうもなくなるとかならず過呼吸に陥った。大人になってからも、ニューヨークでデモに出たときはしょっちゅう気を失って、人びとの頭上を運ばれたものだ。ロックコンサートで熱射病になって倒れた人みたいに。

あれはブラジルのバイア州サルヴァドルでのこと、友達にうながされてカーニヴァルで踊る人の群れのなかに飛び込んだことがあった。極度の過密状態になった人波が深夜の狭い通りに押し込まれていった。そのとき、ずらりとならんだ軍警察からわたしは危うく頭を乱打されそうになった。一台の車を通すために、警官たちがいきなり棍棒や警棒を振りかざして人の流れを分断しようとしたのだ。

サルヴァドルでのその夜、群衆に混じる前にもらった忠告――倒れたら人に踏みつぶされるぞ――のとおり、わたしは必死で立ちつづけ、無我夢中で、なんとか舗道にたどり着いた。でもそのとき頭のなかで鳴り響いていたのは、あの警告に満ちたおじさんの話だったのだ。

そんなわけで、わたしはカーニヴァルはひたすら避けて、遠くからながめるだけにしていた。カーニヴァルが終わって数週間後にリリースされてブルックリンのハイチ系ミュージックストアで売りに出されるビデオを観ながら、あんなに大勢の人が踊る大波に身をゆだねて、個人や世界の厄介事、つまり、現在この国が抱えている経済や政治の厄介事、レオガーンの女性たちなら嫁ぎ先のボロ家とか、女たちを家に閉じ込めておくため親戚の人たちが発する威嚇的な警告ということになるけれど、そういう心配事からそのときだけでも自分を解き放つことのできる踊り手の能力ってすごい、と思っていたのだ。

おじさんの話によってかきたてられた恐怖が、いま逆に、わたしをジャクメルのカーニヴァルに引き寄せていた。ここの人たち、自分が属するこのハイチの人たちにもみくちゃにされて洗礼を受けたい、わたしは切実にそう思うようになっていた。あれほど念入りに恐怖感を植えつけられてきたカーニヴァルのふたつの悪魔と、きちんと向きあいたいと思ったのだ。ひとつは耳をつんざく音楽、もうひとつは羽目をはずしてもコスチュームや仮面のおかげでときにはとがめられずにすんでしまう、そんな大勢の人たちに混じってなりふりかまわず踊ることだ。

仮面の顔には子ども心にひそかに憧れていて、いつも目が行った。わたしが前から好きなのは、半分笑って半分泣いているような古代ギリシア悲劇の仮面だ。この仮面は自分が生まれたこの国をよくあらわしていると思ってきたのだけれど、とりわけカーニヴァルのときはそう思えた。ハイチ人は古代ギリシアの喜劇役者のように、苦況から皮肉めいた歌や身振りを創り出し、笑いによって自分たちの悲劇とのバランスを取ってきた。フランス語の「仮面を脱ぐ《ジュテ ル マスク》」——自分の本当のカラーを見せる（本音を出す）——とい

郵便はがき

料金受取人払

神田局承認

1351

差出有効期間
2004年3月
31日まで
(切手はいり
ません)

101-8791

004

(受取人)

東京都千代田区猿楽町二の二の五
興新ビル三〇二号

現代企画室 行

■お名前

■ご住所 (〒　　　　　　　　)

■E-mailアドレス

■お買い上げ書店名 (所在地)

■お買い上げ書籍名

■図書申込書■

小社の刊行物のご注文にご利用ください。その際、必ず書店名をご記入ください。

現代企画室
TEL 03(3293)9539
FAX 03(3293)2735

書名	冊数
	(　)冊
	(　)冊
	(　)冊

ご氏名／ご住所

書店名

地名

通信欄

■本書への批判・感想、著者への質問、小社への意見・テーマの提案など、ご自由にお書きください。

■何により、本書をお知りになりましたか？
書店店頭・目録・書評・新聞広告・
その他（　　　　　　　　）

■小社の刊行物で、すでにご購入のものがございましたら、書名をお書きください。

■小社の図書目録をご希望になりますか？
はい・いいえ

■このカードをお出しいただいたのは、
はじめて・　　　回目

う表現にぶつかると、わたしはいつもハイチのカーニヴァルを連想する。あまりたくさんのカラーが吹き出すものだから、通りを練り歩く人の頭上に虹がかかっている、そんな濃密な瞬間としてカーニヴァルをイメージしてしまうのだ。
　わたしはまだ遠目の傍観者という自分の仮面をかぶっていたので、ディヴェルスにはなにもいわなかった。それをことばにできるようになったのは、ずっとあとのことで、ディヴェルスといっしょにオテル・ド・ラ・プラスのテラスに座っていたとき頭に浮かんできたのは、ジャクメルやカーニヴァルをめぐる一般的な質問をあれこれしてみることだけだった。

　ジャクメル市庁舎《シティホール》と市立図書館から目と鼻の先にあるオテル・ド・ラ・プラスは、旅行者や地元の人が集まるには恰好の場所だ。人びとがテラスに腰をおろして通りをながめ、なにか飲みながら話をする、町のあちこちにあるそんなスポットのひとつなのだ。

建物の内壁には地元出身の有名人、アーティスト、政治家、作家の写真がかかっている。なかでもっとも頻繁にそのことばが引用されるのは、禿頭の丸顔のプロフェッサー・ジャン・クロードだ。世界で偉大な都市はふたつしかない。パリとジャクメルだ、そう書いたことで知られる人物。バーのなかには街の写真もある。たび重なる暴風雨や火災で無惨に変形し、何年もかけて再建される前のものだ。ディヴェルスとわたしがいま腰をおろしているテラスのあるこのオテル・ド・ラ・プラスも、以前は「ペンション・クラフト」という家族経営の下宿屋かなにかで、一九九〇年代に焼けたあとホテルとして建て直されていた。

ディヴェルスが会見場所にオテル・ド・ラ・プラスのテラスを選んだのは、近くの市庁舎で開かれるカーニヴァル準備委員会に呼ばれるのを待っているところだったからだ。

ディヴェルスはテラスから通りへ顔を向け、道行く人たちの挨拶にうなずいたり、ハローといって応じたりしながら語ってくれる。「ジャクメルのカーニヴァルは、一月の第一日曜日から始まって聖灰の水曜日直前の火曜日、つまりマルディ・グラに終わる。それが公式のカーニヴァル期間で、そのあいだジャクメルはカーニヴァルの国になる。

カーニヴァルのあいだは日曜ごとに、みんなコスチューム姿で街にくり出す。個人参加あり、グループ参加あり。でも、次の日曜にあなたも見ることになる全国カーニヴァルは、そういったものの総まとめみたいなもので、まあ、パレードというか、エキジビションなんだけれど、それはジャクメルの歴史を語るひとつの方法でもあるんだ。どのコスチュームにも、どの仮面にも、われわれの物語と関心事が表現されているからね」

「日曜にはどれくらいの人が出るのでしょう?」とわたし。

「去年は二万人以上だった」とディヴェルス。

ディヴェルスはプエルトリコやドミニカ共和国まで出かけていってジャクメルのカーニヴァルについて講義をしたり、実際にプレゼンテーションやデモンストレーションをやったりしてきた。海外での次の講演日程を彼が思い出そうとするのをさえぎるようにして、通りがかりの老人がたずねてくる。

「日曜のパレードにはテニスシューズをはいたラバも出られるかい?」

心配顔の参加者を安心させるように、だいじょうぶ、ラバも出られるよ、とディヴェルスは答える。カーニヴァル委員会と市役所が——市役所はカーニヴァルの全活動に対して必要に応じて給付金を出している——ラバに対する資金を減額しようとしたとき、ちょっとした議論があったとか。ラバの持ち主が「四つ足に子ども用のスニーカーをはかせるなんて簡単、とみんな思ってるんだろ」と抗議したのだ。

その手間だけでも大変だろうなと思って、カーニヴァル委員会にラバの給付金の同額支給を勧めたんだ、とディヴェルスが笑う。

数日後にジャクメルのメインストリート、バランキラ大通りに今年もまたどんな出し物が出るのか、それ以上は話せない、内緒にしておかなければならない、とディヴェルスはいう。いったいどんなグループがお目見えするのか、それは日曜のパレードまでのお楽しみなのだ。

昨年大ヒットしたのは、世界の有名人の顔を張り子にしてずらりとならべた、カーニヴァル・クラブのマックス・パワーだ。パレードではアドルフ・ヒットラーがマザー・テレサやアルバート・アインシュタイン、ボブ・マーリー、ハイチの失脚した独裁者フランソワ・「パパ・ドック」・デュヴァリエと仲良くならんで行進させられた。今年のパレード名簿にはすでにマックス・パワーがふたつのスポットを登録している。まず最初に去年の出し物とそっくりおなじものをやるが、登場人物はさらにふえる。それからメンバーがコスチュームを変えて「メインの出し物《ピエス ド レジスタンス》」に移り、ここで間違いなくみんながぶっ飛ぶ。かりにディヴェルスがマックス・パワーのその大傑作の中身を知っていたとしても、教えてはくれない。

「カーニヴァルには最低ひとつの啓示がなければ。驚嘆するものがね」とディヴェルス。

　広場では柱廊の壁にまたがったグループに、さらに数人の若者が加わった。その壁はサブリエの木陰に建っている。サブリエは毎日、正午に花を開くといわれている。ハイチを離れてから電話も手紙も寄こさず戻っても来ない人たちは、サブリエの木の下に行ってしまった、といわれる。「サブリエ sabliye」という語の後ろを前にもってくると「ブリエ・サ bliye sa」となって「それを忘れなさい」という意味になるのだ。アフリカから伝えられた民間伝承では、サブリエは「忘れる」木といわれていて、奴隷は船に積み込まれて、いわゆる新世界の、ジャクメルのような土地へ連れられていく前にその下を歩かされたのだという。

　通りかかったまた別の人にディヴェルスが挨拶しているあいだ、わたしは白い服を着たふたりの女性が通りのまんなかを行ったり来たりするのをながめる。ひとりは胸のところで聖書をがっしとつかみ、もうひとりは額の汗をぬぐっている。カーニヴァルの前に、悔い改めよと熱心に説く平信徒の伝道者だ。市場へ向かう人、学校へ子どもを迎えにいく人、病院へだれかを見舞いにいく人、昼食を食べに愛する人が待つ家や職場へもどる人、そんな人たちからはほとんど見向きもされないふたりは、十数人いる中年の物売りの女たちに目をつけたようだ。急ごしらえの屋台が広場の舗道にぎっしりとならび、キャンディから煙草や石けん、香水、古着までありとあらゆるものを売っている。観光客好みのハイチの絵の装飾として、ときには主題として、よく描かれる物売り女たちと色とりどりの品物。

「快楽を好む者は貧しい人となり」伝道者のひとりが聖書を引用しながら、しゃがれ声で叫ぶ。「箴言」の二十一章十七節だ。

片方が一息入れているあいだに、もうひとりの路上の福音伝道者は相づちを打つようにして「ガラテア人への手紙」からの警告を叫ぶ。「罪深き欲望に従うなら、その人の命から邪悪なものが生まれる。すなわち、不道徳な性行為、肉の歓びへの熱中、偶像崇拝、悪魔的な行為への参加」云々。

早口でまくしたてる声には、どことなく、カーニヴァルの危険を説くおじさんを思わせる断固たる決意が感じられる。改悛者に箱舟造りを手伝わせようとするノアの声にも似た切迫感があるのだ。

物売りのなかにはそんな説教には目もくれずに、紙片で顔をあおぎながら、スタック式の、きれいな銀色の容器からランチを食べている人もいる。組みになったこの容器は「セヴィス」と呼ばれている。テーブルで食べるみたいに、いろんな料理を容れる器として使えるからだ。物売りのなかから、路上の伝道者たちに加わってお祈りを口にしながら、神に呼びかけ、カーニヴァル愛好者の大群の心をつかんで救済へ導こうとする者があらわれる。

オテル・ド・ラ・プラスのマネージャー、レイモン・パスカラン——モカ色の肌をした野太い声の男性——がディヴェルスに挨拶するためわたしたちのテーブルに立ち寄る。パスカランと彼のホテルはリラックスバンドという音楽活動の資金援助者だ。リラックスバンドのメンバーとそのファンは、胸に大きな黒い文字で「RELAX BAND」とプリントされたブライト・オレンジのＴシャツを着ることになっている。そのＴシャツを着て、それによく合った帽子に自分の名前を書いてかぶっているパスカラン。

「なぜブライト・オレンジなの？」パスカランにきいてみる。

「なぜって、それがカーニヴァルをつくる色だからさ」それが彼の答え。

ディヴェルスとパスカランがカーニヴァルのことを話しはじめる。パスカランはトラックの荷台に平床をつくるため、ベニヤ板を買いにいくところだ。それにポータブル発電機と巨大なスピーカーを取りつければ、リラックスバンドの山車のできあがり。もちろん、ミュージシャンがそこに上がれば、だけれど。

パスカランの山車に加わるはずのミュージシャンが数人、競争相手のバンドに走ってしまって、彼は困っている。パスカランはすっかり怒って、相手方に走るミュージシャンにはこれまで出してきた活動資金を凍結する、と息まく。怒ってはいたけれど、パスカランのカーニヴァル魂は少しも衰えていない。

「去年の十月から俺はずっとハッピーなんだ、次のカーニヴァルのことを考えるとわくわくして」とパスカラン。

　ということは、いまはもう二月中旬だから、まるまる五ヵ月もの長きにわたってその幸福感を温めてきたのは、もっぱら土壇場のフラストレーションのためだったことになる。

「待ちきれないよ」席を立ちながらパスカランがいう。「次の日曜日までなんて、とても待てない」

　ひとりの若者がディヴェルスを呼びにきた。カーニヴァル委員会が市庁舎で彼を待っているのだ。立ち去る前にディヴェルスは、なぜ多くの市民が、ジャクメルを一都市ではなく国と考えるのかを説明してくれる。

「ジャクメルには独自の歴史がある。独自の文学も歌もある。次の日曜に自分でカーニヴァルに加わって、まわりをよく見ればわかることだよ」

……森の深い霧のなかで、渡り鳥は
墓地の花飾りから滋養をえるのだろうか？

ロドニー・サンテロワ
『名のない墓石』

死者たちのカーニヴァル

以前からわたしは墓地が好きだ。生者にとってはお供えをする祭壇で死者にとっては休息の場所となる墓地は、どんな町や都市でも、その土地へ入っていくときの入口になると思っている。墓地へ行けば、生きている人にしても死んでしまった人にしても、その土地に住んでいる人の価値観がいちばんよくわかるからだ。

ジャクメルの墓地もそうだ。とてつもなくカラフルで、古いものから新しいものまで、ぞくぞくするほど、てんでばらばらの混ぜあわせがこれぞまさしく墓石のカーニヴァルといった感じなのだ。

ディヴェルスから話を聴いたあと、わたしは、この旅の道連れで詩人のロドニー・サンテロワにジャクメルの墓地へいっしょに行ってほしいと頼む。ロドニーはハイチ最古の日刊紙「ル・ヌヴェリスト」の文化欄を担当しながら、ポルトーフランスに数社ある出版社のひとつで編集責任補佐をやっている人。この人ならいっしょに来てくれそうと思ったのは、書きあげたばかりの彼の長い詩のなかに墓地に触れた詩節があったのと、それに、これまでにもいっしょに旅をしたことがあって、いつも彼が一風変わったやり方で死者に対して畏怖の念を示したからだ。川や小川に両手をひたして額にその手をあて、実際にも比喩的にも、自分より前にその川を渡った人たちと自分を結びつけるのだ。そんな、精霊《スピリット》と同族の人なら、わたしがお墓に向かってこんにちは、と話しかけても変だとは思わないだろう。

午後も少し遅くなってからわたしたちは出かける。その時間なら中心部を走るバランキラ大通り沿いに市外まで歩いても、暑さにあまり悩まされずにすむ。ヴェーヴル通りを抜けて、日曜のカーニヴァルの公式観覧席が組み立てられている角をすぎると、舗道が突然終わり、公共の交通機関、白と青の大型バスが急にスピードをあげはじめる。合州国から払い下げられたスクールバスを塗り直したものだ。

ジャクメルの死者の街は、大通りからはずれて、片側に家並みの続く道路沿いに丘をくだったところにある。道幅の広い未舗装の通りを渡ると墓地の塀に行きあたる。塀に数ヵ所、広告用の装飾が描かれている。ひとつはシネクラブのもので、映画館でやる映画のほかにも年に一、二本、小さな部屋に座ってカンフー映画かハリウッド映画が観られますとある。もうひとつは「カイ・ドド」という建築資材店のもの。シネクラブのほうはチョークで書かれているけれどカイ・ドドの広告はハイチの国旗を思わせる赤と青のペイントだ。塀には昨年十一月におこなわれた大統領選の色あせたキャンペーン・ポスターも残っている。このあいだ就任したばかりのジャン＝ベルトラン・アリスティド大統領の、眼鏡をかけた顔がいくつも、墓地をとりまく丘のうえをねめつけながら、キャンペーンのスローガン「頭の《ラペ》なか《ナン》に平和《テット》を、腹の《ラペ》なか《ナン》に平和《ヴァント》を」をささやいているみたいだ。ほかはごくありふれた落書きで、スプレイ・ペイントではなくチョークを使ったなぐり書き。なかに、その場にぴったりの落書きを見つける。塀に、頭をするりと突き出せそうな大きな穴が空いていて、そのうえに書かれた一語。「BYE」

　わたしたちは裏側から墓地へ入る。そこは壁がなく即席の裏門みたいになっていて、これは墓地へ入るにはうってつけじゃないか、とロドニーがいう。だってそのほうが、ぼくたちがちょっと立ち寄るだけだってことが死んだ人たちに伝わるし、大勢の人間を引き連れて表の門から入ってこないならここに留まることはないなって、もう彼らも学習ずみだろうしさ。

この土地にはこんなことわざがある。「家に持ち主はない。持ち主があるのは墓場だけ」この精神からすれば、この墓地はあらゆる人のものといえそう。墓地内の道がよく踏みならされているのは、近所の人たちが近道として使うからだ。学校帰りのティーンエイジャー。サッカーゲームに行く途中の若者。そぞろ歩きの恋人たち。病気の親戚に「セヴィス」に入れた食べ物を運ぶ少女たちが、冷めないようにと急ぎ足で通る路。

地域住民のほかに、墓地は国外からの観光客も引きつけている。この墓地のことは旅行ガイド「ロンリー・プラネット」のドミニカ共和国とハイチ版にも簡単だけれど載っているし、英国人作家イアン・トムスンも旅行記『ボンジュール・ブラン』のなかで書いている。でもトムスンの印象はあまりよくなかったようで、墓地は「すっかりすたれて見る影もなかった。崩れ落ちた墓石にはハイビスカスが深く根をはり、墓に刻まれた文字にまで雑草がはびこっていた」とある。

ロドニーとわたしが墓地の中央に向かって公道を歩いていくと、そういった古い大理石の墓石がいやでも目に入ってくる。多くは墓石が砕けてしまったためにだれのものか見分けがつかなくなり、びっしりと苔むしていたり雑草におおわれていたり、急な上り斜面にかかるところでは茶色の泥が墓のうえにところどころ積もって、二重に埋葬されたようになっている。

一九五一年、ルイ・ペリシエ・バプティストという地元のジャーナリストがジャクメルの社交界で、墓石の多くが消えてゆくこの墓地の崩壊を嘆く講演をした。彼は「嘆かわしいことだ。オレンジの木が繁茂し、泥棒が公共物を破壊して、古い時代のこの都市について多くを物語るであろう大理石を盗んでいく」と語ったという。

墓地をよく見るためには、墓と墓のあいだの小石まじりの通路を通って、ジグザグに歩かねばならない。通りかかった老女に、墓の台座部分に生えている、ベリーみたいな深紅のつぼみをつけたブライト・グリーンのつる草はなにかとロドニーがたずねる。膝まである黒いドレスの喪服を着た老女は、それとなく、ここか、あるいはどこかよそに、愛する人を埋葬したばかりだと述べる。皺だらけの顔を縁取る白髪まじりの短いおさげ髪をそっとしごくようにして、老女は、古い墓石と新しい大きな霊廟がふぞろいな列をつくる方角にぼんやりと目をやり、ささやくような声でいう。

「これは聖母マリアさまの冠の花《セフレクウォンラヴィエジュ》だよ」

聖母マリアさまは死んだ子どもたちを見放したりはなさらない、独りぼっちにならないようにお墓にも草を生やしてくださるのさ、と老女は続ける。イエスさまが埋葬されたあと、聖母マリアさまがその墓所へ行ってたくさん涙を流したものだから、その涙が地面に雨のように降り注いでこのつる草が生えたんだ。緑色の葉はマリアさまのどうにも抑えきれない悲しみで、赤いつぼみはキリストが流した血、マリアさまの苦しみのもとになった血をあらわしているんだよ。

つまり、お墓の台座にときどきつる草が生えるのは、お墓の横や上にぐるっと囲むように生えたり、ときには、まるでひざまずくようにしてお墓とお墓のあいだに這い込んだりするのは、どれも、聖母マリアさまのさまざまな悲しみを体現しているのだと老女はいうのだ。「だからほら、このつる草はキリストの子どもたち、聖母マリアさまの子どもたちが埋葬されている場所にはみんな生えているのさ」

　古い墓石から新しい大きな霊廟までわたしたちは歩いていく。鮮やかな黄色、ピンク、青に塗られて、持ち主や家族の好みに合わせて複雑な、あるいはシンプルな造りになっている。家の形をしたものがあり、屋根の上から雨樋が突き出し、階段が正面桟敷まで、まるで客を迎えるみたいに続いている。ハートとダイヤモンドをかたどった金属格子の門と窓もついている。「聖母マリアの冠」を高くまでシンメトリックに巻きつけた、ものものしい霊廟などまるで庭園のよう。一人用の古い墓とは違って最近の霊廟は家族用だ。「エドネ・トゥートボン家」と刻まれた霊廟をロドニーが指差す。家長と思われる名前だけが尖塔部分に赤いブロック文字で刻まれている。トゥートボン氏といっしょに埋葬される人たちは、たぶん生前とおなじように、死後もまたその始祖の陰で小さくなって生きるのだろう。

霊廟のなかには小さな教会のように見えるものもあって、傾斜のついた屋根の先端には十字が立てられている。十字はいろんな解釈ができる。聖母マリアのつる草のように、キリスト教徒であることやキリストの磔刑と死をあらわすシンボルであり、また墓地を守護する意味もある。ヴードゥー教のバロン・サムディにあたるのだ。ロア（精霊）でもある墓地の守護霊バロン・サムディは、十一月初旬の死者の日に墓地で執りおこなわれる儀式によって祀《まつ》られる。

わたしが小さな子どもだったころ、ハイチでは独裁者のフランソワ・「パパ・ドック」・デュバリエがよくバロン・サムディみたいな服を着ていた。黒い帽子と裾の割れたダークスーツに身を固めたその姿は、文字通り墓地の鍵を握っているのは自分であり、だれが次に墓地の住人になるかを意のままに決められることをすべてのハイチ人に思い出させた。（一九六三年のライフ誌の記事によると、デュヴァリエは「彼ら（ハイチ人）が私に〈私たちの母は誰ですか？〉と質問してきたら〈聖母マリアだ〉と答える。だが〈私たちの父は誰ですか？〉ときいてきたら〈私だ――それ以外は考えられない〉と答える」といったとか。）

ハイチの墓地にある十字は宗教的なものでありながら、同時にそれは芸術空間でもあり、芸術史家のロバート・ハリス・トンプスンが『精霊のひらめき』でも書いているように「人間の魂の円環」をも象徴している。

墓地の迷宮を縫うように進んでいくうちに、わたしはジョルジュ・リオトーのことを思い出す。いまではとてもポピュラーな形式になったハイチのフラットメタル彫刻の創始者だ。首都から北に十五マイルほど行った小さな町クロワ・デ・ブケで生まれたリオトーは、鍛冶屋として町の墓地のために、錬鉄でハートやダイヤモンドをかたどったリース状のみごとな十字を造った。墓地にある彼の十字に目をとめた人がはめて、オブジエとしてもっと十字を造ったらいいと勧めるまで、リオトーは自分がアーティストだなんて思ってもみなかった。

ポルス・ヴィタルは、ピラトによるキリスト処刑の最終決定や洗礼者ヨハネの斬首といった聖書内の物語を、ジャクメルのヴィクトリア様式の大農園を舞台に描くアーティストで、彼の有名な作品のひとつ「最後の審判」はこの墓地そっくりの構図になっている。絵のなかでは、黒い肌の長髪のキリストが、天使の役を割りふられた人魚に囲まれてジャクメル上空に浮かんでいる。キリストの足の下に描かれているのは、骸骨が飛び出している墓や霊廟だ。

ジャクメルでいちばん有名なアーティストのひとりで、ヴィタルのハーフブラザーにあたるプレフェット・デュフォーは、ジャクメルを、空にむかって螺旋《らせん》を描く都市としてくりかえし描いてきた。「大地、パレード、そして地獄」という絵では、死者たちが空に昇るためには、リオトーが造るような十字のついたアーチ状のドアをくぐらねばならない。この敷居をくぐりさえすれば右へ行くのも左へ行くのも自由で、一方はルシファーが待つ雲のなかの燃えさかる地獄へ通じ、もう一方は天使に守られた天国へ続いている。ところがこの天使、この島の最初の住民だったアラワク・インディアンの天使ならさもありなんといった感じなのだ。カテドラルと登り階段になった狭い通路のある天国は、ジャクメルに驚くほどよく似ている。七十八歳のデュフォーはつい最近も、彼の最高傑作といわれる作品を描いたばかり。それはジャクメルに実在する山や、空想上の山が色鮮やかな装飾となった、自分の棺桶だった。

ロドニーとわたしは墓地で道に迷ってしまった。この墓地には木がほんの数本しかないことにわたしは気づく。わたしのひいお祖父さんやひいお祖母さん、そのまた先祖が埋葬されているレオガーンの山中には大きな墓地はなく家族墓所があるだけで、そういった墓所はたいてい一本の木の下に立てられた墓石から始まっている。ここ数年そこへ帰るたびにその木が少しずつ姿を消していた。たくさんある木のうちから毎年数本が切り倒されて木材や炭になっていく。この墓地には、息も絶え絶えではあったけれどまだ木が何本か残っていて、できるだけたくさんの墓を木陰に入れてあげたいとでもいうように、小径のほうにかしいでいる。

　わたしたちは、どういう墓なのか分類できない古い霊廟に出くわして、ようやく正門へ通じる道をみつける。メキシコ風の円形の墓《レドンドス》とローマ風パンテオンのミニアチュアを混ぜあわせた感じのその霊廟には、半円形のドームがあって、アーチ状の敷居に折りたたみ式のシャッターがついている。なかのひとつに正面扉が大きく開け放たれたものがあって、内部がからっぽに見える。なかをのぞき込み「こんにちは《アロ》」といって気づいたのは、散らばるコンドームと引き裂かれたストッキング、どうやらいっときの情熱の残骸らしい。なかに踏み込んではみたけれど固いコンクリートの壁に突きあたるばかりで、ほんものの墓はその裏側だ。わたしは「ごめんなさいね」「さよなら」と小声でいって引き返しながら、自分がここの死者たちの領域につい最近、勝手に踏み込んだ大勢の人間のひとりのような気がしてくる。

このかなり古い、おそらく頻繁に人が訪れる霊廟を見ていると、昨年、ジャクメル近隣のカップ・ルージュにあるルビーのような赤土の山を訪ねたときのことを思い出す。丘陵の頂にぽつんとのっかったようなカップ・ルージュの墓地は、テラコッタ色の土とライムグリーンの葉群れに囲まれて壮観というしかない。周囲何マイルも人家がないため孤高にそびえる要塞さながらのものがあったり、寄りかたまってほとんど倒壊寸前の家みたいにみすぼらしく見えてしまうものがあったり。立ちこめる温気《うんき》のなかに水漆喰の墓が白く浮かびあがって、山々と雲のあいだに乳白色のカーテンがかかったように見えるもの。日光をさえぎるため周囲にトタン屋根の天蓋をつけたもの。何層もウェディングケーキ状に積みかさね、その正面に花束が供えられていっそうそれらしく見えるもの。なかでも群を抜いて豪勢なのが、ターコイズブルーと白の暗室をいくつか合わせた共同墓所で、それは死後の世界「ラク」で、大家族のメンバーを何十人も容れる住居となっていた。

正門からロドニーと外へ出ながら、わたしはジャクメル生まれのエムリン・カリエス・ルメールの書いた詩「あなた《トン》の歌《シャンソン》は《エ》死なない《アンモルテル》」の一節を口ずさむ。ジャーナリストで詩人のエムリンは、ハイチに初めてできたフェミニズム組織の事務局長でもある。

その詩をおおまかに訳すとこんな感じだ。

あなたは逝ってしまうのね

でも私はここに留まっている
私の魂を連れ去ろうとするあなたを
じっと見ている
もう影でしかない私は
ゆらゆらとこの身を震わせるだけ

その夜、ロドニーとわたしはシヴァディィエ・プラージュまで歩いていく。そこはジャクメル郊外に広がる海岸沿いのホテルで、湾を見おろす小高いテラスにレストランがある。このレストランへわたしが何度も足を運んだ理由は、ほかでもない、そこからときおり、海面に広がる漆黒の闇に突然閃光が走って、いきなりシャワーみたいに星の光が一直線に海に向かって飛び込むのが見えるからだ。初めてその光景を見たとき、わたしは、どこか遠くの山で雨でも降っているのかしらと思ったものだ。わたしは、これは音も雨もない稲妻で、目の前の空を開いたり閉じたりするかすかな閃きだけを目にしているのだ、と信じて疑わなかった。轟音も聞こえないし、これなら雨が降って困ることはない。

その閃光がどこから来るのか、自分は知っているというロドニー。近くの島から来るスポットライトだよ、と彼はいう。遠くの送電塔か、通りかかった船か、さもなければ麻薬密売組織の大物や難民を捕まえようとアメリカの海岸警備隊がカリブ海域を走行してるんだと。

でもわたしは、墓地で聖母マリアの冠の花のことを教えてくれたあの老女や、詩人のエムリン・カリエス・ルメールのように、自分の物語を紡ぎ出したいと思うのだ。きっとあれは、墓地から出てきて身を震わせる影たち、海面の向こうからわたしたちに閃光のシグナルを送ってよこす影たちなんだ、と。

アラワク・インディアンの高位の族長たちが、気ままに、美女たちとたわむれていた……ルイ十四世の宮廷からやってきた男爵や侯爵たちは草のうえで馬跳びをして遊んでいた……雑多な人群れのなかにはシモン・ボリーバルの姿もあった……仮面の時が、人間の歴史の三世紀分を一堂に集めていた。

ルネ・デペストル

『わが夢のすべてにアドリアナが』

ジーザスとシモン・ボリーバルが
ジャクメルでおなじ家に住むようになったわけ

話はイングランド王ジョージ三世が自国艦隊の司令長官のひとりに、イスパニョーラ島について説明をもとめたときに溯る。現在ハイチが西側三分の一を占めるその島のことを、司令長官は一枚の紙片をもみくちゃにしてこういった。「陛下、イスパニョーラ島です」

司令長官がそんなジェスチャーをしたのはいろいろ考えてのことかもしれないが、おそらくこの島の山の多さを示したかったのだろう。イスパニョーラ島にもとから住んでいたアラワク・インディアンが、ここを「アイチ（山の多い土地）」と呼ぶようになったのはそのためだったからだ。

それより数世紀前に、スペイン王フェルディナンドと女王イサベラに忠誠を誓う、別の艦隊司令長官が記した航海日誌には「この島はとても大きく……世界でもっとも美しい平野があり、カスティージャの土地に比肩するほど、いや、それより良いかもしれません」とある。

コロンブスとその部下たちを迎え入れたアラワクの人たちはとても寛大だった。「彼らは全員私の部下のところへやってきて、その手を部下の頭上に置いたが、これは深い敬意と友情のしるしだった」。『コロンブス航海誌』の英訳者のひとり、ロバート・フューソンによれば「彼らは私の部下にパンや魚など、手持ちのものを何でもあたえてくれた。私の船に乗っていたインディアンたちが船員に同行するインディアンにむかって、私が鸚鵡《オウム》をほしがっているといい、そのインディアンがほかのインディアンにそのことばを伝えた。彼らは私のために鸚鵡を何羽も持参してその代価を要求しなかった」とある。ところが、コロンブスはそんな寛大さの恩恵にあずかりながら、彼を歓待する人たちが、肥沃で美しいその土地ともども「すすんで国王に仕えるかもしれない」という、みずからの最終目標を見失うことはけしてなかった。

やがてインディアンは奴隷状態におかれるようになり、彼らの持ち物や、スペイン人が彼らに採掘させた黄金が、スペインの国庫へ運ばれることになった。

『ハイチの芸術』の著者エレノア・インゴールズ・クリステンセンによれば「コロンブスの芸術に対する眼識は同時代人のボッティチェルリやレオナルド・ダ・ヴィンチから大きな影響を受けたものではあったけれど、彼がハイチ先住民の技術の高さ、とりわけ木工細工や手編み技術のすばらしさに深く心を動かされたことは紛れもない事実だ。彼が持ち帰ったこの石器時代の人びとの作品が、ヨーロッパにおいて人類学の分野で初めて真の関心を引き起こした」という。

でも、アラワク人が払った代償は大きかった。コロンブスがやってきてから百年のうちに、ひとり残らず消滅してしまったのだから。そして、彼らの土地を掘りつくしたスペイン人は、ほんの一握りの人員を残したまま、新たな冒険を求めて、おもに島の東部へと移動していった。それがこの海域をうろつくフランスの海賊たちに入り込む隙をあたえることになった。すかさず彼らはイスパニョーラ島の内陸へ入り込み、定住した。

西部のフランス人入植者と東部のスペイン人入植者のあいだで何年か戦争が続いたの

ちに、両者はこの島を分割する条約を結び、それによって現在ハイチが占める土地がフランス植民地に、ドミニカ共和国にあたる部分がスペイン植民地になった。砂糖や煙草をつくるプランテーションで働かせるためにアフリカから奴隷が輸入されて、ハイチは一七〇〇年代にしばしば「フランス国王の冠をもっとも輝かしく飾る宝石」といわれたように、フランスが保有するもっとも豊かな植民地となった。

ジャクメルの歴史もそれと似たような道を歩んだ。コロンブスとその部下がやってくる前のジャクメルは、島内で五つに分かれたアラワク王国のどれかに属していた。おそらく「サラグァ」と呼ばれる南部の王国だろう。この国は高位聖職者のボエチオとアナカオナによって統治されていた。いまのハイチではどちらかというとアナカオナのほうがよく知られている。学校や店に彼女の名前がついているのだ。このアナカオナにインスピレーションを得て、ジャクメル生まれの作家ジャン・メトゥリュスが書いた有名な戯曲には、この島の両地域のことを扱うおびただしい詩や歌が含まれている。アナカオナについてはわたしもエッセイを書いたことがある。ロードアイランド州プロヴィデンスで、アナカオナという名のハイチ人少女に出会ったときのことだ。まだよちよち歩きのその子の母親はハイチからやってきたばかり、一九九〇年代初めのクーデター後に起訴されて逃げてきたのだ。大統領に初当選したジャン＝ベルトラン・アリスティドが追放されたクーデターだ。

小さいころわたしはよく、自分に娘ができたらアナカオナという名前にするといったものだ。長い髪に銅色の肌をしたアナカオナは詩人であり画家でもあり、自分が統治する臣民を詩や歌や踊りで楽しませた。スペイン人がやってきたときはみずから戦闘に加わり、その結果、金を探し求めるスペイン人の犠牲になった。

日曜日の全国カーニヴァルでは、アラワク人が、歴史書に出てくる絵をそっくりまねた子どもたちの姿となって生き返るはずだ。顔や身体にカラーペイントを塗り、サイザル麻のおさげ髪を垂らした頭に紙の冠を載せ、膝下まである腰みのスカートをはいた子どもたち。弓矢を手に持つアラワクの狩人姿の子どもたちから、腰まで届く長い髪を取り除けば、そのままアフリカの戦士になる。顔と身体におなじようなペイントをしたもう少し年上の男たちは、ハイチ農民のシンボル、サイザル麻のナップザックを持ち、歴史上の三つの段階――アラワク人、アフリカ人、ハイチ人――を統合して表現することになるはずだ。

アナカオナとボエチオが統治する時代、ジャクメルはヤキメルといわれていた。アラワクの人たちがイスパニョーラ島の多くの川を「ヤック」とか「ヤキ」と呼んだ事実は、ジャクメルが山地同様に真水が豊富な土地だったことをあらわしている。

最初のフランス人入植者がやってきたとき、そのなかに偶然にもジャック・ド・メロという人物がいて、彼がこの土地に自分の名前をもじってつけた。

一九五一年、ジャクメルのクラブ・ユニオンの講演でハイチのジャーナリスト、ルイ・ペリシエ・バプティストは、ジャクメルにできた最初の大通りがサボテンだらけのふたつの丘にはさまれた狭い谷間だったことを思い起こしている。この講演はジャン＝エリ・ジル著の二巻本『ジャクメル、ハイチの歴史への貢献』の第二巻に再録されている。

長いあいだ、もっぱら煙草生産に励んだジャクメルのヨーロッパ人入植者たちは、レンガやコンクリートの家を建てようとしなかった。ふたつの崖に挟まれて暮らす彼らは地震が起きて圧しつぶされることをおそれたのだ。一六九八年にこの町が建設されてから百年間に、大通りに建てられた四十軒の家のうちレンガ造りはわずかに一軒だけで、持ち主は気が狂っていると考えられた。

双子の丘に首を絞めつけられるような格好をした大通りは、当時は耐えがたい暑さで、雨季になると川辺には蚊が群れ飛んだ。暑熱、蚊、蚊がもたらすマラリアから逃れるために、入植者たちはふたつの丘を平らにならして大通りの幅を広げた。いまでは滑らかな高台になってしまったふたつの丘のうち、一方は病院の敷地に、もう一方はベルエア地区になった。港に近い旧市街は商業センターになり、そのまんなかを「商《リュ》業《デュ》通り《コメルス》」が走っている。

本国フランスがおこなう価格操作のために、生産した煙草を破格値で売らざるをえなかったジャクメルの土地所有階級は、もっと利益のあがる作物を探した。山がちのこの土地にはコーヒーがぴったりだった。ジャクメルはじきにコーヒーの生産と輸出の一大中心地になった。コーヒーからあがる利益で町は発展した。だれもがその恩恵にあずかったが、奴隷だけは例外だった。フランスのどのコーヒーカップにも奴隷たちの血があふれている、ヴォルテールならそういったことだろう。

もうすぐやってくる日曜のカーニヴァルでは、武装した白人植民者の装束で、パレードの道々、重たい丸太を引っ張る黒人奴隷に命令を下す男たちのグループも出場することになっている。植民者を演じる男たちはコーカソイド特有の桃色がかったクリーム色の肌の仮面をつけ、正面に「COLON BLANC（白人植民者）」とプリントした釣り鐘形の日よけ帽をかぶる。植民者たちが染みひとつない白シャツに乗馬ズボンをはき、その黒っぽいズボンの下端に白いソックスをかぶせるのは、上半身裸でぼろぼろの半ズボンをはいた奴隷とのコントラストを強調するためだ。奴隷役は顔に、目と口だけが見える穴のあいた暗色の袋をすっぽりとかぶる。ひとりの奴隷が犬小屋ほどの小屋のなかにうずくまる。彼は激怒する主人から逃れようと小屋ごと両膝で外の地面に這い出す。奴隷が一休みしようと止まるたびに、主人が乱暴に押し飛ばし、蹴り、銃の台尻でこづくのだ。

音楽がガンガン鳴り響き人びとが笑い踊るパレードの道中、この祝祭的再編成にもはたと考えさせられるときがある。トリニダードの有名なカーニヴァルの年代記編纂者ピーター・メイスンによると「ローマ時代、カーニヴァルはサトゥルナリアという底抜けのお祭りさわぎになった。奴隷が七日間だけ自由に酒を飲み、少なくとも理論上は、その主人と衣服を交換し役割を交替することがゆるされた」とか。ハイチの奴隷ならたんなる役割交替ではおさまらなかっただろう。彼らはホンモノを望み、チャンスさえあれば主人を毒殺するか、プランテーションに火を放っただろう。そのプランテーションのために彼らは苦しみ、首をはねられ、見せしめとして、その首が槍で突き刺されてプランテーションに通じる道端にさらされたのだから。

コーヒーブームから得た利益で、植民者は自分の子どもを勉学のためにヨーロッパに送った。奴隷や自由黒人に種つけをして生ませた子どもだ。こうして教育を受けた子どもが島に帰ってくると、彼らもまた資産や奴隷の所有者となり、「アフランシス」と呼ばれる自由黒人とムラートの仲間に加わった。

アフランシスは白人とおなじように土地の所有権をもってはいたものの、白人とおなじ服を着ることも、公共の場所で同席することも許されなかった。反抗すれば人びとの面前で処刑された。

カップ・ルージュの山中にはオジェ要塞という古い軍事要塞がある。革命指導者ジャン＝ジャック・デサリーヌの命令で一八〇四年に、ヴァンサン・オジェに敬意を表するために建てられたものだ。フランス議会に対して、アフランシスにも平等権をと訴えた最初の人物であるオジェは、島にもどったところを捕らえられた。金属の棒で四肢を砕かれて巨大な車輪にくくりつけられ、死ぬまでそのまま放置されたのだ。

オジェの要塞もいまでは往事の姿のほんの一部を残すだけ。囲いのない中庭へ続く入口では、古びた二台の大砲がゆっくりと地中に沈んでいくところで、次に大雨が降ればドサリと一気に消滅してしまいそう。中庭には近所の子どもたちがつけたチョークの跡があり、竹のゴールポストが立ててある。サッカー場に使うのだ。鮮やかな色のチョウチョが数匹、石壁の裂け目から伸びた草を食ませるためにつながれた山羊の頭上を、すべるように飛んでいく。

要塞の上部からはジャクメルの入り江が見える。港、そして海。湾にむかって突き出た部分に見張り塔があって、小さな入口がついている。草や木があまり生えていないため、たまにここを訪れる人たちが自分の名前を彫りつけるので、年季の入ったゲストブックになっている。

壁の裏側に出るとそこはトウモロコシ畑だ。そのトウモロコシ畑のすぐそばに、要塞に通じるもうひとつの入口がある。なかは薄暗い洞窟のような根菜類の貯蔵庫になっていて、その内壁を千代に八千代に生きながらえそうな苔がびっしりとおおっている。

「ここからはハイチのどんなところにも行けるんだよ」未来のサッカーのスター選手が教えてくれる。

「これまでここからいなくなった人がいる?」とわたし。

「いない」きっぱりと彼は答える。「気が確かな人はなかに入らないから」

フランス、スペイン、英国は、この植民地を配下に治めようと熾烈な競合をくりかえした。そんな彼らとたたかううちに、奴隷とアフランシスはそれぞれ自分の指導者をもつようになった。なかでも奴隷たちは、トゥッサン・ルベルチュール(「これほど法外なお世辞をいわれてきた人もそういない」とアレック・ウォーが『愛とカリブ人』で書いた）を指導者とし、アフランシスは、のちに大統領になるアレクサンドル・ペション将軍とジャクメルの中学校に名前の残るピエール・パンシネを指導者とした。奴隷たちが海外勢力とアフランシスの両者とたたかうこともたびたびだった。それでも最後は奴隷とアフランシスがともに力を合わせて、一八〇四年の独立を勝ち取り、自由な共和国へいたる道を開いたのだ。

独立後のハイチではペション将軍が、ジャクメルを含む南部地域の大統領になった。ハイチ人の独立闘争に触発されて、ラテンアメリカの革命家シモン・ボリーバルがハイチに立ち寄ったのは、スペインの統治からベネズエラを解放するためそこへ向かう途上のことだ。ペション将軍が開いたボリーバルの送別会は、彼の伝記作者ニナ・ブラウン・ベイカーによって『王になるつもりはなかった／シモン・ボリーバルの物語』のなかにドラマチックに描かれている。

「さあ、……」と彼（ボリーバル）は手を差し出した。「お別れです。私の心にあふれる感謝の気持ちはとてもことばになりません。なんとか、あなたのご親切にお応えできる方法があればと願うばかりです！」

年長者（ペション）は差し出された手をしっかりと握った。「ありますよ、しかし私はいま性急にそれを求めるつもりはありません。あなたは自由の名において旅をしています。あなたの国には、そのような恵みを求めることすら願ったことのない人たちがいることをお考えになったことがありますか？　白人の胸の内に燃えさかる自由への愛は、黒人の胸の内でもおなじように燃えているのです。もしも――」

「それ以上、おっしゃる必要はありません！」とボリーバルは遮った。「われわれアメリカ人は奴隷制度の過酷さを熟知しています。われわれはスペイン人の主人に対し、それに優るとも劣らないものを堪え忍んできたのですから。私に報恩の約束を求めるにはおよびません、むしろそれを私の義務として、ひとつの特権として、こちらから申し出ることをお許し願いたい。閣下、ここで私は厳粛な誓いを立てましょう。ひとりの紳士であり愛国者である私のことばにかけて誓います。私が故国へもどってまず最初におこなうことは、奴隷制の廃止を宣言することです！」

ベネズエラへ帰ったボリーバルは奴隷制を廃止した。しかし、それが彼を支持者たちから遠ざけることになった。彼はジャクメルにもどり、現在は鉄市場になっている場所を見おろす角の家に六ヵ月間滞在した。サン・フィリップとサン・ジャック大聖堂の目と鼻の先だ。

むかしのカーニヴァルのようすを述べた記事のなかに、ボリーバル・ハットをかぶった人について触れたものがある。作家のルネ・デペストルはこの帽子を、鮮やかな羽根飾りと長い髪の房を垂らした多彩色の張り子だと書いている。ここ、バランキラ大通りはコロンビアの都市の名にちなんでつけられたもので、港近くのシモン・ボリーバル広場には、ジャクメルにボリーバルが滞在したことを思い出させる三つの記念物がある。

ハイチとペション将軍に対してボリーバルがどれほど感謝していたかをわたしが理解したのは、コロンビアのボゴタで、彼が晩年をすごした家を訪ねたときだ。門のところに建てられたペション将軍の胸像が、訪れる人たちをまず最初に歓迎するようになっていたのだ。

でもジャクメルでボリーバルがすごした家の歴史的意味は、現在の使用目的にくらべるとそれほど人目を引くものではない。白塗りの鉄の門に囲まれたその家は、鮮やかなピンクの二階建てで、なかにドレスやスクールバッグを売る「メルシ・ジェスュ（ジーザス）・ショップ」と呼ばれる店が入っている。ドアのはるか上方の隅っこに「一八一六年、ここにシモン・ボリーバルが滞在した」と書かれた質素な大理石の飾り板があるばかり。

ボリーバルの家を訪ねたついでに、わたしは前から行きたいと思っていたハイチ独立戦争ゆかりの土地を訪ねた。いまはカトリックの学校になっている跡地にその「小砲《ラ プティット》台《バットリ》」はあって、独立戦争時に使われた大砲が少しだけ集められている。街の友人がその大砲を見に連れていってあげるといってくれた。学校へ到着すると、門のところで司祭に出くわした。私有地に入ることはできません、とその司祭はいった。だれかがガイドブックにここのことを書いてからというもの、大砲を見たいと人が押し寄せるようになって困っているという。

大砲は別の場所へ移されることになりましたから、どこか丘の上のほうへ、と彼はいった。

「由来がわからなくなりませんか？」友人がたずねた。

「だいじょうぶです。おなじ大砲なんですから」と司祭。「それが変わることはありません」

シモン・ボリーバルの家はドレスショップだ。オジェの要塞はサッカー場で、アナカオナはロードアイランド州のプロヴィデンスに住んでいる。歴史はいまも動いてるのだ。

彼と我を分かつのは広大な海でも、果てしない道でも、険しい山の峰でも、門をかたく閉ざした町の高壁でもない。そう、われわれを隔てるものはほんの一筋の水にすぎないのだ。

オウィディウス
『変身物語』

オヴィッドのジャクメル

ロドニーとわたしは十九世紀のジャクメルの産業を象徴するものを探しているうちにすっかり道に迷ってしまう。目指すは、ふたつの巨大な断片となって広い草原に放置された蒸気機関、かつて「アビタシオン・プライス」と呼ばれて栄えた砂糖プランテーションがあった場所だ。

バナナ畑をいくつか抜けて、ペンキの色も鮮やかな一部屋だけの農家も数軒すぎて、庭や菜園もふたつみっつ通り抜けたけれど、蒸気機関の姿はない。火星に生えたヤシの木のようにパッと目につくもの、とわたしたちは決めてかかっていた。

ハイチ在外居住者省がスポンサーとなった学生グループの旅行で、数年前に一度、わたしはさびついたアビタシオン・プライスの蒸気機関を訪ねたことがある。そのとき案内役をしてくれた観光省の女性の話では、この蒸気機関は、ワットが発明した蒸気機関のうちで残存する数少ない一台だという。スコットランド人のエンジニア、ジェームズ・ワットが最初に特許を取得した数台のうちから、プライスという英国の元軍人によって一八〇〇年代初頭にハイチに持ち込まれたのだ。アビタシオン・プライスの蒸気機関は歴史的にも貴重な遺物なので、スミソニアン博物館の考古学会から、ジャクメル郊外に放置されているのを合州国の博物館に移設したらどうかと申し出があったとか。この蒸気機関といっしょに、ジャクメルに産業革命が到来した。

つるはしと鍬で畝《うね》をつくっていく数人の男たちの横をこうして通り過ぎていると、かりに産業革命がこの地域にやってきたとしてもちょっと立ち寄っただけで長居はしなかったことがわかる。これは前回の旅でも思ったことだ。農民たちはいまも数百年前とおなじように土地を耕し、暮らしをたてていた。蒸気機関のようなものが入ってきても、働く農民の生活が楽になることはけしてなかった。それが購入されてこんな場所に運ばれてきたのは、もっぱらその所有者の利益を増大させるためだったのだ。

蒸気機関探しをほとんどあきらめかけていたとき、オヴィッド（オウィディウスの英名）に出くわす。ローマ人の名前をもったハイチ人はそれほどめずらしくはない。でも、オヴィッドという名のハイチ人にわたしが出会うのはこれが初めてだ。

山刀《マシエテ》を手にしてバナナ畑からぬっとあらわれたオヴィッドが、親切に、なにを探しているのかときいてくれる。

「アビタシオン・プライスなんだけど」わたしは答える。

「それなら、ここだよ《セイシットラ》」そういって彼は咳ばらいをする。この辺り一帯がアビタシオン・プライスといわれているのだ。

ある時期、この地域社会全体がプライス家の砂糖プランテーションに属していたのかもしれない。

「古いエンジンを探しているんだけれど」とわたし。

オヴィッドは胸に「HAWAII」とプリントした青いシャツを着ている。シャツはボロボロ。そんなシャツの状態を彼はわざわざ弁解する。明らかにオヴィッドはエンジンがどこにあるか知っている。なのに教えてくれない、いや、すぐに教えようとはしない。彼はまず、自分の人生について話して聞かせることにする。

オヴィッドは一九四六年にジャクメルで生まれた。その当時はデュマルセ・エスティメという人物が大統領だった。オヴィッドが三歳になった年にエスティメが中心となって、贅《ぜい》をこらした、首都ポルトープランス制定二百周年記念の祝賀行事がおこなわれた。でも、オヴィッドはまだ小さすぎて見に行くことができなかった。

オヴィッドの両親はおもにバナナを栽培する小作農だった。ピンクとグリーンに塗られたオヴィッドの一部屋だけの家のまわりには、いまでもバナナの木がたくさんあって、カーニヴァルで頭のてっぺんから爪先まで干したバナナの葉をまとうグループ「フェイ・バナン」のメンバー全員が衣装にできるほど茂っている。(ディヴェルスによると「フェイ・バナン」の仮装をジャクメルに導入したのはブルジョワの子どもたちだったそうだ。ドイツに旅行した子どもたちが偶然、わらをまとい鐘を鳴らして歩く「従者ループレヒト」を見かけたのだという。降臨節のあいだに小さな村々を歩きまわる従者ループレヒトは、お祈りを唱える子どもにはごほうびを、唱えない子どもには罰をあたえる。ドイツで使うわらの代わりに、ジャクメルでは簡単に手に入る干したバナナの葉を使って、この地域特有のコスチュームにしたのだ。）

ものごころついてからずっと、オヴィッドはアビタシオン・プライスという地域に住んできた。もう動かないエンジンからそれほど遠くないところで、彼は少年のころから畑仕事を始めた。いまでは腕も胸も筋肉隆々、その仕事にはうってつけの身体をしているが、一度も学校へ行ったことがない。両親にそんな余裕はなかったし、農作業を手伝わせるため彼が必要だったのだ。

「いつだって人生には保証なんてないからな」とオヴィッド。両親は年がら年中ほとんど気の休まるひまもなく、作物、豚、鶏、山羊、そして子どものことを心配しなければならなかった。いつなんどき病気になって死んでしまうか知れなかったからだ。

オヴィッドは大きくなると自分の家を建てて妻をもらった。子どもが四人生まれたけれど、その妻は死んだ。新しく来た妻は彼より若い。オヴィッドといっしょに住むようになる前、彼女にも夫と子どもがいた。オヴィッドの子どもたちはいまではポルトープランスに住み、そこで働いている。合州国には三人の姪もいる。経済的に苦しくなっても、彼は子どもや姪にお金の無心はしたくないという。子どもたちが喜んで送金してくれるのはわかっていても。

「俺が頼めば今日にでも送ってくれるさ」と彼。「そのうち俺もあいつらに送ってやりたい」

いまのところは送ってやるものがなにもない、そうオヴィッドは思っている。腰痛を抱えているため、お客にココナッツジュースを出そうと思っても、木から実を数個もぐことすらできない。

「おかまいできなくてすまないな」

オヴィッドの話はここでようやく、古い蒸気機関の残骸を見に、毎週十人ほどやってくる人たちのことになる。

もっとたくさん人がやってくるといい——何百人、いや、何千人、そうオヴィッドは思っているようだ。そうすればいい道ができるだろうから。彼の家からエンジンのある場所まで続く小径は未舗装で、雨が降れば通れなくなるのだ。

「もしもいい道路ができたら、もっと大勢の人がエンジンを見にやってきて、この地域がうるおう」と彼はいう。

オヴィッドはまた、ジャクメルのこの地域にも電気が来ることを期待している。彼の家は市のメインストリートからほんの一、二マイルしか離れていない。ところが、電柱とケーブルは彼の家を迂回してしまった。ジャクメルはハイチのなかでも真っ先に電気がついた都市のひとつなのに、オヴィッドはその恩恵にあずかれなかったのだ。

「俺たちは夜、まだランプを使ってる。いったいなぜだ？」

オヴィッドのような田舎に住む人たちは、この国の住民の大多数を占めていて「アウトサイド・カントリー」、クレオール語では「ペイ・アンデヨ」と呼ばれている。彼らは狭い土地を耕す自耕自給農民であることが多い。オヴィッドのように自分の土地の場合もあるけれど土地所有者がほかにいる場合もあって、その場合は生産物の大きな割合を納めねばならない。子どもを学校へやるため、家を建てるため、亡くなった家族を埋葬するために、彼らは牛、山羊、豚といった家畜を育てる――それも米国食品医薬品局がつい最近、ハイチのクレオール豚の九十九パーセントが豚コレラに感染しているとして廃棄処分を命じるまでのことだった。オヴィッドのような人たちはテレビのお笑い番組やドラマのなかでさんざん笑いものにされている。彼らの暮らしは大都市郊外の生活から見れば、馴染みもないし快適でもないために物笑いの種にされるのだ。でなければ、むかしの日常着だった鮮やかな青いデニムのドレスやズボンに赤いスカーフかマドラス姿でドレスアップして、民族舞踊を踊ってちやほやされるかだ。彼らは自分の国にありながら、いまだに逃亡奴隷《マルーン》のように国の意思決定のあらゆる過程から閉め出されたまま、まさに一国のパン篭というシンボルにとどまっている。そのパン篭にしても、次第に国外にパンをもとめるようになってきている。国産品より輸入品のほうが価値があるとされるからだ。

　彼らが都会へ引っ越すと「ビドンヴィル」に住みつくことになる。ポピュラーな住宅地域、という意味だけれど、スラムと呼びそうになる衝動をわたしはいつもぐっとこらえる。自分がそこに住んでいたからだ。貧しい人が住むこういった街をスラムと人が呼ぶたびに思い出すことばがある。「みんながスラムと呼ぶのに自分はホームと呼ぶ場所に住んでいるのは悲しいことだ」といったラングストン・ヒューズ。そうはいっても、自分の土地を離れてそんな地区に住む人は、子どもたちに少しでも良い生活をさせようと必死で努力する人が多い。子どもたちを、雨を降らせたり降らせなかったりする神さまたちの気まぐれや、予測不能の「母なる大地」の犠牲にしたくない、都会なら公立であれ私立であれ、ひしめく学校のどれかに通わせるチャンスが増える、と思って。

オヴィッドの話とその話しぶりにわたしが心を奪われたのは、自分自身がおなじようなグループから出てきたからだ。F・スコット・フィッツジェラルドは、すべての小説家のなかにはひとりの農夫がいるといったことがあるけれど、わたしの場合これは二重に正しい。オヴィッドがわたしの親戚だとしても少しもおかしくないのだ。わたしの祖父は彼のような人だった。息子や娘を学校へやりながら自分はレオガーンの山のなかで小作農としてコーヒーや豆、プランタン、トウモロコシを育てて暮らしをたてた。土地があまりにも頼りにできなくなったとき、祖父は、例のもうひとつのベルエア地区へ引っ越さざるをえなくなった。こうして、わたしの家族は都会暮らしのルーツをもつようになったのだ。

話し疲れたオヴィッドがわたしたちを家まで連れていって奥さんに紹介してくれる。彼女はオヴィッドの妻とだけ名乗る。オヴィッド夫人は頬骨の張り出した面長な顔の、すらりとした女性だ。髪を後ろにひっつめて、小さなまげを結ったその鬢《びん》に白髪が目立つ。

夫人はあいさつをすると葉っぱの張り出したバナナの木陰にもどって座り、茶色の紙片を円錐形に糊づけする。グリルしたトウモロコシ粉をこの紙に詰めてカーニヴァルのときに町で売るのだ。いつもはメインストリートで午後に売るけれど、今週末は人出が多いからもう少し実入りもよくなるはず。オヴィッドにくらべて夫人のほうはそれほど打ち解けてこない。作業を続ける手元からほとんど目をそらさず、口にすることばも用心深く選んだものばかり。

彼女の身体恰好を見ていると、去年レオガーンの山中で死んだイリアナおばさんのことを思い出す。親しくしていた親戚のうち、みんな、まず首都へ、それから世界各地へ移り住んでしまっても、最後まで山のなかに住みつづけたイリアナおばさん。

一本の小川とバナナの木立のあいだにちんまりと建つイリアナおばさんの二部屋の家は、壁が漆喰、屋根がブリキでできていて、ハリケーンのたびに何度か場所が移動した。おばさんは独り暮らしで、前夫が近所に住んでいてよく訪ねてきても、成人してポルトープランスで歯医者になった息子のルネル——わたしの従兄——が訪ねてきても、それは変わらなかった。

イリアナおばさんが七十六歳で亡くなったとき、わたしたちの悲しみは記号論理学的《ロジスティカル》なフラストレーションによって倍加された。死んだという知らせがポルトープランスに伝わるまでにまず丸一日かかり、それから電話でニューヨークのわたしたちのところへ届いたのだけれど、その時点ですでにおばさんのお葬式はすんでしまっていた。お葬式に出席するかしないか、選択の余地さえなかった。レオガーンの山中に遺体安置所はない。遺体は待ったなしだから、親戚はだれひとりさよならをいうことができなかった。でも、オヴィッド夫人を見ていると、わたしはイリアナおばさんを見ているような気がするし、とうに死んでしまったオヴィッドの親戚みんなに会っているような気がしてくる。

ロドニーとわたしはその日の午後いっぱい彼らとすごす。話というよりほとんど愚痴に近い話に耳を傾ける。チャンスがないこと、道の悪さ、作物に水をやる広い範囲の灌漑施設が必要なこと。

「土地は荒れ狂ってる。俺たちは貧しい。国を助けたいと思ってはいるけど、まず助けてほしいのは俺たちのほうだな。農夫がいなけりゃ国もないだろ。朝目が覚めると土地が白目を剝いてこっちをにらみつけてんだから、どうしろってんだ。一日中、にらみ返してろっていうのか?」

オヴィッドが話をすればするほど、わたしは、すべての農夫のなかにはプロレタリア作家がいるんだという確信を強める。

話も終りに近づき、話題はカーニヴァルのことになる。オヴィッドはカーニヴァルには行かないという。楽しくないからじゃなくて、腰が痛くて長時間歩けないからだ。奥さんのほうは出かける。商売のためもあるけれど、コスチュームや登場するグループを見る楽しみもある。

オヴィッドはカーニヴァルのことは、色とりどりの群衆のことを思い描きながらラジオで聴くつもりだ。ジャクメルのカーニヴァルのことをオヴィッドは「ハイチいちばんのカーニヴァルだ」といって自慢する。

わたしたちがさよならをいうころになって、オヴィッドが蒸気機関の方角を指差す。その地点に立ってみてまずびっくりしたのは、茶色の土中にしっかり埋まった台座の骨組みらしきものに、サイザル麻のロープでロバがつながれていることだ。はずみ車はそこから少し離れた、刈り入れの終わったトウモロコシ畑の近くにある。直立不動の車は、難破した小型船か、海岸に打ちあげられた不審船の部品のように見える。

最初に訪ねてきたときは、一世紀のあいだに積もり積もった何層もの埃をものともしない不変性と耐久性に、このふたつの巨大な塊がほとんどまぶしく見えたほどだ。これこそハイチのシンボル、そう思った。そんなシンボルをわたしはいつも探し求めていたのだ。風雨にさらされ、軽視され、それでもなお芯はたくましく、がっしりと強い、そんなシンボル。

そのときは、エンジンが語るべき物語を想像しようとした。自然と人間を一望できる二世紀におよぶ変化の物語、いや、無変化の物語を語ることができないだろうかと思った。

でもいまは、そのエンジンの「美しさ」は語られない物語のなかにこそあるのだと思っている。エンジンの場所を指し示す標識もなく、その重要性を説明する板いちまいなく、ぽかんと口を開けて見とれるだけのために入場料を払うこともない。そういった事実が、さびついた断片を、有無をいわさぬ力で、唯一の存在証拠にしているのだ。

このままの姿で見るほうがいい。賞賛しろとか、評価しろと奨励するガイドなんかないほうがいい。なにも書かれていないスレート、この沈黙、曖昧なままがいいのだ。それを愛することも、軽蔑することも、無視することもできる。あるいはその三つを同時にやることもできる。祝うにしても糾弾するにしても、その瞬間に強制はない。時のなかに凍りついたひとつの時代が一瞬よみがえるだけなのだから。

私もまたカーニヴァルのひとつの仮面だった。

ルネ・デペストル

『わが夢のすべてにアドリアナが』

ジャクメルの夢のすべてにアドリアナが

ジャクメルに住む女神はアドリアナ・シルーだ。町いちばんの美女アドリアナは、結婚式のさなかに祭壇で死ぬ。その遺体は埋葬前のお通夜のあいだ、広場に安置される。でもじつは彼女は死んではいない。そんなふうに見えるだけなのだ。死んだように見えるのは、巨大な蝶になって姿をあらわす、魔力をもった男のせいだ。アドリアナはゾンビになっている。

埋葬が終わって数時間後、アドリアナは墓から掘り起こされるが、なんとか逃れて山に駆け込み、そこで泉と真水の精霊《スピリット》、シンビ・ラスースに間違えられ、誘われて、ジャマイカへ永久追放される人たちの集団に加わる。

これが、ジャクメルを舞台に書かれたルネ・デペストルの有名な小説『わが夢のすべてにアドリアナが』の筋書きだ。一九二六年にジャクメルで生まれた詩人・小説家のデペストルは、ハイチでもっとも多作で高名な作家のひとり。世界的にも名高い賞をいくつも受賞しているため、ハイチの作家でノーベル賞をもらうなら彼だろうという人もいる。もう四十年以上もハイチから離れて暮らし一度も帰国したことがないのに、デペストルは子どものころ体験した一九三八年のカーニヴァルの記憶を源泉にして一九八八年に小説を書き、その作品内におさまりきらない人物を創造してしまった。

アドリアナは、小説の登場人物のほうが現実に生きている人間よりもはるかにリアルでパワフルになってしまった、とてもまれなケースだ。ディヴェルスをはじめとする多くのジャクメリアンにとって、アドリアナのことを熟考することは、多くの不可知論者が神について自問する問いにも匹敵する。つまり、われわれが神を創造したのか、それとも、神がわれわれを創造したのか？　デペストルとジャクメルがアドリアナを創造したのか、あるいは彼女がジャクメルとデペストルを創造したのか？

「アドリアナの死はこの街を根幹から揺るがしたために、事件が起きて三十年以上たっても、話者はアドリアナの逝去とジャクメルの社会経済的な退潮を関連づけることができる」と文芸評論家のシルビオ・トレス＝サイラントは『カリブ海の詩学』のなかで書いている。

デペストルの小説があたえた影響はあまりにも大きく、その片鱗がいたるところに見られる。公式のハイチ観光案内までが、ジャクメルの章のタイトルをこの本から借りて「あなたの夢のすべてにアドリアナが」としているほどだ。国際的なガイドブックも、よく色鮮やかな白と緑のオテル・マノワール・アレクサンドラを掲載している。街のちょうど中央にそびえるように建っているこのホテルは、デペストルの小説で一躍有名になった人物の家とされ、小説がらみの伝説によくあるように、かつてはマノワール・アドリアナと呼ばれていた。フランス語の観光案内『ル・プティ・フュテ』など、「この美しい建物は幽霊ホテル、つまり、この土地の特殊用語でいうゾンビ・ホテルのカテゴリーに分類できる」とさえいう。ジャクメル訪問中の小説家トレイシー・シュヴァリエが、マノワール・アレクサンドラに泊まろうと決めた最大の理由はこの小説だった。彼女だけではない。何年ものあいだ多くの観光客がこの本を片手にジャクメルを訪れ、アドリアナを探しまわった。

アドリアナ伝承はカーニヴァルとも強く結びついている。アドリアナが死んだのはカーニヴァルの真っ最中だったからだ。小説にはまずカーニヴァルに毎年あらわれるふたつのキャラクターが描かれている。なんといっても強烈な印象を残すシャロスカとゾンビだ。

シャロスカというのは、突き出た口元に鉤爪《かぎ》のような歯をのぞかせる軍服姿のキャラクターで、実在の軍人シャルル・オスカル・エティエンヌをモデルにしている。彼は一九〇〇年代初めにジャクメルで、集団投獄、裁判なしの処刑、放火などで住民を虐殺した人物だ。デペストルの小説では、軍隊による虐待をカリカチュアにして面白おかしく抗議するために描かれたシャロスカの面々が、背中にこんな文字をつけている。「どんどんひどくなる大佐、家計逼迫の司令官、やたらに執念深い鞭をもつ将軍」。次の日曜日にわたしが目にするシャロスカの背中にはなにも書かれていないはず。でも、そんな書き込みはいらない。彼らがだれなのかは、みんな知っているのだから。

子どものころ、カーニヴァルに行ったわけでもないのに、シャロスカがわたしのところまでやってきたことがある。カーニヴァルの季節になると毎週日曜の午後に、シャロスカの一群がわたしたちの家の近くで立ち止まり、鞭を鳴らし、通りからこっちにむかって大声でわめいたものだ。その姿を目にするとわたしは一目散に逃げて隠れた。そして、シャロスカに捕まらないようしっかり安全距離をとりながらも、離れすぎてその姿を見うしなわないようにしていた。

どういうわけか、シャロスカは子どもたちをターゲットにした。でも子どもたちは走って逃げることもできるし、シャロスカを追い払うための韻を踏んだ短いことばを投げつけることもできる。

シャロスカ・ム・パ・ペ・ウ
セ・ムン・ウ・イエ
(シャロスカなんか怖くないぞ
おまえ、人間じゃないか)

わたしは安全な隠れ場所からこの歌詞を口ずさんだものだけれど、シャロスカの耳にわたしの震え声が聞こえるほどそばへ行く勇気はなかった。

シャロスカなんか怖くないぞ。おまえ、人間じゃないか。

人間でなければ、いったいなに？　そのときのわたしには見当もつかなかった。でもいまこうして考えてみると、これはある種の非武装化、つまり怪物から牙を抜いてふつうの人にすることだったのではないか、と思う。

日曜のカーニヴァルでは、初めて怖がらずにこのことばをいえそうだ。ぶらっとそばにやってきたシャロスカは、わたしのほうなど見向きもせずに子どもたちを追いかけて行ってしまうのだろう。いまの子どもたちはテレビや映画の怪物を見て育っている子が多いから、笑いながらこのことばを口にするはず。仮面の恐怖を追い払う唯一の方法は仮面をそばに持ってきて、なかが空っぽなこと、その「演劇上のペテン」をあばいてしまうことだ、というプルタルコスの忠告を実行するみたいに。

日曜のカーニヴァルではゾンビも見かけるのだろう。頭から白いシーツをすっぽりかぶり、重たい鎖を肩、胸、胴に巻きつけたゾンビ。一九九七年、カナダ人インタビュアーに対してデペストルが、一九五九年のフランソワ・「パパ・ドック」・デュバリエの統治時代にハイチを離れてからジャクメルに帰らない理由を説明しているのを、わたしは思い出すのだろう。国には帰らず、東ヨーロッパ、ロシア、キューバを経て、最終的には南フランスに落ちついたのだ。

「ジャクメルはもうジャクメルじゃない」彼はリポーターにそう語っていた。デペストルは、小説のなかで再創造した場所、つまり自分が若かったころのジャクメルと、映画や写真でしか見ることのない現在のジャクメルをくらべて、最近のジャクメルをゾンビになぞらえていた。

デペストルにとってゾンビは、一九三〇年代のハリウッドB級映画に出てくる愚鈍な悪漢みたいに単純なシロモノではなかった。ゾンビになるということは、みずからの「ティ・ボナンジュ（守護天使）」をなくすことによって、力を失うことを意味する。ティ・ボナンジュが、過去の自分を容れる受け皿へとその人をもどしてくれるのだ。こうしてわたしがいま訪ねているジャクメルは、以前のジャクメルにくらべたら、たしかに少しだけゾンビ化しているといえなくもない。この街を守護する天使をたくさん失い、なかでもこの街のことにもっとも精通した年代記作家が異国の地へ渡ったままなのだから。

日曜のカーニヴァルでゾンビを見ながら、わたしもまたおじさんの奥さん、ドニーズおばさんのことを思い出すのだろう。二十年ほど前のある朝、おばさんはラジオを聴かせようとしてわたしを起こした。アナウンサーが、北部の丘陵地帯で二、三十名のゾンビが意識の朦朧とした状態でうろついているところを発見されました、親類縁者があらわれて家に連れ帰るのが待たれます、といっていた。子どものころ、いちばん怖かったのはこのゾンビだった。彼らが「発見された」のはカーニヴァルの時期ではなく、お祭り気分とはほど遠いごくふつうのときだったから。伝説でもいうように、ゾンビのすぐそばまで行って塩を投げること以外に、彼らがもとの自分にもどるのを助ける手段はなかったし、立ち去らせるために安全な距離をおいて歌う歌もなかった。

多くの人たちとおなじようにドニーズおばさんも、発見されたそのゾンビたちはむかし政治囚だった人ではないかと考えた。シャルル・オスカル・エティエンヌによって投獄された人たちのように、独裁政権がやらせた拷問によって神経的にひどいダメージを受けて、完全に狂ってしまうか精神に異常をきたすしかなかった人たち。ドニーズおばさんも多くの人たち同様、はたして親戚が名乗り出て彼らを連れ帰るかしら、といっていた。自分まで投獄されるのじゃないかという不安があったからだ。

日曜日に目にするゾンビはカーニヴァルのゾンビだから、それほど怖くはない。白いシーツが息で上下するのを見ながら、わたしは怖がらずに手を延ばしてゾンビに触れてみようと思う。大音響の音楽、威勢のいいダンス、劇場と化した通り、そういったものをのぞけば、カーニヴァルはこのために、古いゴーストや恐怖を悪魔払いするためにあることはわかっているから。

手をゾンビの背中にあて、前かがみになって「ゾンビなんか怖くないぞ。おまえ、人間じゃないか」とささやくのだ。そして、北部丘陵地帯で発見されたゾンビのところへ親戚たちが行って名を名乗り、彼らがこっちの世界へもどってくるための韻を踏んだことば、歌、お話、そしてひとつまみの塩になるものを創り出してやれるように祈ろうと思う。

音楽が聞こえる、カーニヴァル……白い波がうち寄せる、花々が開く。政権が交替しても、ジャクメルはもとのままだ。

キャロル・クリーヴァー

「ニュー・リーダー」

ジャクメルのカーニヴァルで自分の仮面を手に入れるには

侵攻のさなかだった。軍事作戦が全面展開の真っ最中に、友人とわたしは伝説となった兵士を探すために夜のジャクメルへくり出した。十二歳のとき出国したハイチをふたたび訪ねる旅に出たのは一九九四年十月。友人から、ドキュメンタリー映画を撮影するのでいっしょに行ってくれないかと頼まれたのだ。映画のテーマは帰国したばかりのアリスティド大統領。ハイチ初の民主的選挙で選ばれ、一九九一年に大統領に就任したわずか七ヵ月後、大統領は軍事クーデターによって失脚した。わたしたちは、出発する前から「カウボーイ」のことは耳にしていた。アリスティドが大統領職に復帰する直前、ハイチへやってきた二等曹長サム・マカナニ、合州国特殊部隊のメンバーだ。アリステイドが三年間も国外に出ているあいだ、ハイチは「事実上の《デファクト》」軍事政権が支配していた。この政府は「アタシエ」という民兵や軍人を使って、五千人をこえる人間を拷問し、殺害した。

米国のメディアでさえも、弱いくせに威圧的なハイチ軍を木っ端みじんにする強い米軍のシンボルとして、マカナニ曹長のことをおおげさな表現で書き立てた。ワシントンポストではトッド・ロバートスンが「大きな緑色のヘリコプターが轟音とともに空から舞い降り、その爆風がナツメヤシを烈しく揺さぶった。降り立った完全武装の〈カウボーイ〉に、ジャクメルの悪人どもは震えあがった」と書いた。

ちょうどそのころハイチ出身のバンド、ファントムズがハイチを「カウボーイ・カントリー」と呼ぶ曲が流行っていた。この曲はマカナニ到来のバックグラウンド・ミュージックにはうってつけだったかもしれない。ところが、のちにハイチの子どもたちから「マカロニ」と呼ばれるようになる彼は、何曲も自分の曲をもつようになり、ジャクメルが提供する最大の名誉、彼自身の仮面を獲得することになるのだ。

一九九四年十月には、マカナニの神話を題材にした絵がジャクメル中のクラフトショップに飾られていた。ハイチ軍人の首根っこを踏みつけるマカナニ。ジャクメルの通りを軍用車ハムヴィーで走り抜けるマカナニ。投獄されるアタシェの一群を護衛するマカナニ。この地域の子どもたちに囲まれてギターを弾くマカナニ。こんな描かれ方を見ていると、ワシントンポストの記者が書いた「二等曹長サム・マカナニはどうやら……ジャクメルの地に恩恵を施した最大の英雄のようだ」という記事も、それほどおおげさとは思えなくなる。

ロバートソンはこう書いた。「なぜジャクメル住民はあえてマカナニを英雄と考えたかは各自ご推察願うことにしよう。とにかく、ハワイ生まれの剛毛の曹長がこの地ではだれも見たことのないような巨大な鳥に乗って空から舞い降りてきたため、ジャクメルの子どもたちの目には、神さまのようなそのイメージがより一層、神々しく映ったようだ。先週の日曜日、バルコニーに彼の姿を見つけた子どもたちがいっせいに歌い出した。〈マカナニはぐずぐずしない。マカナニはいいやつ。マカナニがうまくやってくれる！〉」

ロバートソンの記事にもあるように、マカナニがジャクメルに到着したとき、この町は英雄を必要としていたのかもしれない。ジャクメルの豊かな商業港は、「事実上の」政権が国中でやった拷問や、その結果、海外との輸出入禁止という経済制裁を受ける以前にも、フランソワ・「パパ・ドック」・デュヴァリエによって何十年も封鎖されていたことがある。一九五七年の選挙のときに自分を支持しなかったとして、デュヴァリエがこの地域の商人たちを罰したのだ。(ジャクメリアンをさらに苦しめるために、彼は、国際社会に対する抗弁として「ジャクメルの叫び《クリ ド ジャクメル》」なる有名な演説をした。それも、封鎖されたこの都市の港で。)

熱帯性暴風雨に襲われた直後のジャクメルでは、首都を結ぶ道路が寸断され橋が壊れて大きな被害が出ていた。そのためマカナニをはじめ、やってきた兵士たちは救援部隊としてだけではなく、壊れたものを立て直す人たちだと思われたふしがある。でもマカナニひとりが図抜けて英雄視されたのは、彼が有色人種だったことと関係があるかもしれない。白人が大部分を牛耳る軍隊組織と、この地域の人たちの溝を埋めるのに好都合だったのだろう。彼はまたこの町の悪名高い殺人者ヒューズ・セラファン——まさにこの世のシャロスカだ——に猛然と襲いかかった。セラファンの家に奇襲攻撃をかけて彼を捕まえたとき、マカナニは司令官にむかって冗談まじりに、地域住民の目の前で彼を撃ち殺してもいいか、とたずねたとか。司令官からの答えは「ノー」。それでもマカナニのこのジェスチャーは、彼の特殊部隊が「型破りの戦いぶり」とおおっぴらに断言されたあとだっただけに、人びとに対してじつに大きな印象を残すことになった。マカナニは自分たちを守るために力を発揮したがるパワフルな男という印象をあたえたのだ。

彼にまつわるその種の伝説を念頭において、その日の夜、わたしは友人たちといっしょに出かけた。でも、マカナニを実際に目にするチャンスはほとんどないのはわかっていた。午後いっぱい彼を探しまわったけれど徒労に終わっていたからだ。途中で出会った米軍兵士のなかには、わたしたちがこれ以上彼を探すのを好まない人もいた。マカナニはちょうどその日の朝、首都にむかって出発したという人もいた。彼は郊外の空港施設にいる、そこは部外者は立ち入り禁止だ、という人もいた。筋肉ムキムキの年配の将校は、マカナニなんてやつはいない、ハイチ人の空想の産物にすぎない、とまでいった。その年配将校の連れは、自分はマカナニなんて知らない、知りたくもない、と語った。「俺たちはそんなことをやってるわけじゃない。命令に従ってるだけだ」と。

大のマカナニびいきのこの地域の子どものひとりが、近くでわたしたちのやりとりを聴いていて教えてくれた。マカナニは夜になるとときどき町を走りまわるよ、あのハムヴィーで、パトロール中のマカナニならすぐに見つかるよ。そこでわたしたちは出かけていって、広場をまわり、バランキラ大通りを何度も行ったり来たりした。まるで、その姿を一目見ようとどこまでも出かけていく熱狂的なファンみたいに。

そうこうするうちに頭に浮かんできたのは、ひょっとするとマカナニは、人目につかないよう地下にもぐったのではないか、ということだった。軍隊生活は遵奉を要求する。出る杭は打たれるのだ。首都では「第十《テンス》山《マウンテン》岳師団《デイヴイジヨン》」からやってきた対敵諜報活動官ローレンス・ロックウッド大尉が、真夜中に、割りあてられた兵舎を離れてハイチの監獄の人権侵害の有無を調査していたため、その後、軍法会議にかけられることになった。「軍隊の正義は、軍隊の音楽とされるものが音楽であるよう正すためにある」かつてジョルジュ・クレマンソーはそう述べた。たぶんマカナニはやさしい曲を奏でたのだろう。やってきたジャーナリストから自分の伝説についてたずねられたマカナニは「そんなの全部うそっぱちさ」と答えた。でもひょっとすると、軍隊のプロトコルがそんなふうに答えるよう要求していたのかもしれない。

　このときの旅ではとうとうマカナニ曹長には会えずじまいだった。ところがそれから五年後、全国カーニヴァルの数日前に、わたしはマカナニの仮面の写真を見ることになったのだ。彼がこの地へやってきた一年後にジャクメルのカーニヴァルに姿を見せたその仮面は巨大な張り子の造形物で、オオカミ男とトラをかけあわせたような顔の両側から、スペイン人征服前の時代につくられた陶製の仮面のレプリカそっくりに、テレビアンテナみたいな耳が突き出ていた。仮面はコスチュームともども星とストライプですっぽりおおわれていた。うなりをあげる獣の鋭い歯列のすきまから長い紙の舌が垂れていた。そして、その舌のうえには「マカナニ《マカナニ》が彼らをつか《プラン》まえた《ヨ》」と書かれていたのだ。

　マカナニの仮面がカーニヴァルのパレードでバランキラ大通りを練り歩くところを、米軍の撤退前にマカナニ自身が見たかどうか、わたしは知らない。でもディヴェルスは、最初のマカナニの仮面がカーニヴァルに加わったとき「よかれあしかれ、マカナニは歴史だけではなく、ジャクメルの伝説のなかに組み込まれたんだ」という。「その仮面がパレードにあらわれる、すると、見ている人が、あれはだれ？　と質問する。そこでみんなは彼の物語を語らなければならなくなるからさ」

おお、ジャクメルよ！　おまえは人間のように息をする……最高に熱いパッション
を呼び起こすために。

ロミュアルト・ネルスン

ジャクメルへの避難

二〇〇〇年一月、ジャクメルでふたりの観光客とドライバーが殺されたとき、その殺人に抗議して何千という人たちが町の通りへくり出した。

フェルナンとエヴリンのメリエ夫妻と娘のセリーヌは、海岸近くに土地を買って家を建てようと、フランスのル・カトーからジャクメルへやってきていた。午前四時、シヴアディエ・プラージュ・ホテルの部屋で寝ているメルリエ一家のところへ数人の男たちがやってきて、彼らの雇ったドライバー、アスプリル・オバンが急病になったので代わりにきたと告げた。フェルナン・メリエは妻と十代の娘をホテルに残して男たちといっしょに出かけていった。三時間後、男たちがもどってきて、メリエ氏が妻と娘にも来るようっている、と告げた。母親は同行をことわってホテルに残り、娘が父のもとへ向かった。そしてその日遅く、フェルナンとセリーヌのメリエ父娘とアスプリル・オバンの死体がジャクメル郊外の、それぞれ別の場所で発見された。

この犯罪は、この町は安全だとかたく信じ、百パーセント安全なジャクメル、と壁にペンキで合言葉まで書いていたジャクメル住民に大きな衝撃をあたえた。ジャクメルにはハイチのどこよりしっかりした警察があるということではない。ジャクメルは静かで、こぎれいで、人口も少ない。そういう種類のことはこの町では起きない、とみんな信じていたのだ。

抗議のために通りへくり出した住民のなかには宗教指導者、医療関係者、サラリーマン、学校生徒と教師たちも混じっていた。彼らは「こんな犯罪が二度と起きないよう、犯罪者を見つけて」とか「暴力反対！」といったプラカードを掲げた。デモがおこなわれているあいだ町の活動は一時停止。デモの組織者のなかには観光案内所や市役所の職員もいたからだ。フェルナンとセリーヌのメリエ父娘とアスプリル・オバンの殺害事件は、外国人ばかりかハイチ人にとっても、平和な天国というジャクメルのイメージを台無しにしかねなかった。ハイチ人にも、週末になるとジャクメルにやってきたり、首都や海外に嫌気がさしてここに永住する人たちがいたからだ。

カーニヴァルが始まる数日前に、ジャクメルのアリアンス・フランセーズ（フランス語学校）でわたしが出会ったフランス人は、一年後もまだこの殺人事件にこだわっていたが、だからといって、彼がここへ来るのを手控えたわけではなかった。

瘦身で、憂いに満ちた顔の中年男性、ベルトラン・グッセは、三十年もフリーランスのフォトグラファーをやってきた人だ。カリブ海地域を隅から隅まで旅して、いまハイチの写真集をつくる仕事をしている。この国にやってきて二ヵ月、ジャクメルは六日目だという。ロドニーとわたしが彼と出会ったのは、アリアンス・フランセーズの中庭に展示されたカーニヴァルの仮面を見ている夜のことで、彼はちょうど、パリにいる娘さんにハイチ訪問について手紙を書き終えたところだった。

グッセは娘に「きみがこれまで耳にしたことからぼくのことを心配しているのはわかっている。ここの印象がじつに悪いことはぼくも承知のうえだ。ただ、いえるのは、ハイチのことを見れば見るほど、いろんな点で、ここはほかの国々とそれほど変わらないということだ。まだ知られていないだけの話なんだ」と書いた。

グッセが来ている夜のアリアンス・フランセーズは、日曜のカーニヴァルをちょっと先まわりして見ておこうという地元の人たちで一杯だ。中庭の石の壁にはびっしりと仮面がかかり、大小のポールに吊されたコスチュームが所狭しとならぶ敷地内では、そのポールが畑のなかの案山子のように見える。

ポルトープフランスからきた昔なじみとおしゃべりしているロドニーを残して中庭に出ていくと、最初に目を引いたのが「ヤーウェ」、赤いサテンに半分おおわれた牛皮の巨大な仮面だ。日曜日にヤーウェがカーニヴァルのパレードに混じって通りをぶらぶら歩いていく——このときはなかに人が入って——と、みんなが前に出てきてホイッスルを吹きながら棒でヤーウェをたたくのだ。ホイッスルを吹いてたたく参加者と身を縮めたり逃げ出したりするヤーウェ、この両者のやりとりは、ロデオと闘牛のブレンドみたいに見えるだろう。牛は捕らわれてはいても降伏しきってはいないのだ。

ジャーナリストのルイ・ペリシエ・バプティストによると、ヤーウェを棒でたたくのは狩猟場面の再創造で、アラワク・インディアン、アフリカ人奴隷、フランスの海賊の三者が共有する記憶なのだとか。矢に射られ、傷ついた野生の牡牛は、それでも執拗に逃げようとする。観衆の参加をうながすこのコスチュームがヤーウェと呼ばれるようになったわけを、はっきりと知っている人はだれもいない。ディヴェルスは、十八世紀にジャクメルに定住したユダヤ人――オランダが植民地にしていた島々からやってきた商人――と関係があるかもしれないと考えている。牡牛を神ヤハウェに捧げるところを再現してみせるものとして、彼らが考え出したのではないかというのだ。

イタリアのカーニヴァルにも、このヤーウェとそっくりのものがある。オフィダで模造の牛を使っておこなわれる「ル・ボヴ・フィント」だ。木と鉄の枠組みに赤い布を垂らしたル・ボヴ・フィントのコスチュームを、ひとりかふたりの人間がまるでぬいぐるみのようにかぶり、それを祭りの参加者たちが町中追いまわすのだ。イタリアのカーニヴァルの場合、ル・ボヴ・フィントを捕まえるのは、四旬節前日に牡牛を屠り、日頃なかなか肉を口にできない貧しい人たちに肉をあたえる古い風習の名残りとされている。

ヤーウェの隣にいるのがゴーストだ。黒い布のうえに白ペンキで骸骨が描かれた仮面。日曜のカーニヴァルではこのゴーストたちが交差点のまんなかに立ち、墓地の方角を指差すことになる。

そのゴーストの真っ正面で女生徒たちがクスクス笑いながら、背伸びしてゴーストの顔に触れようとしている。ひとりの女生徒の脚に片手でしがみつき、もう一方の手で自分の顔をおおっている年下の子がいる。しがみつかれた少女は身をかがめて、年下の子の顔をのぞき込もうとしている。

ゴーストとヤーウェのあいだにポーラ・イポリットを見つけた。カップ・ルージュの山中に住んで、ジュエリーをつくっている女性だ。ポルトープランスで生まれたイポリットは十六歳で合州国へ移住した。最初の子どもを妊娠した二十一歳のとき、彼女は自分の子どもにこの国との結びつきを感じてほしかったので、ハイチへもどって赤ん坊を産んだ。それから赤ん坊を家族に預けて、子どもと自分が食べていけるだけの資金をつくるためニューヨークへもどり、ブルックリンのベッドフォード・スタイヴサントでタクシードライバーとして働いた。まだ女性があまりやらない仕事だ。子どもを引き取ってシングルマザーとして暮らしはじめた彼女は、七年間、生まれ故郷へ帰りたいと思いつづけた。

「身体はニューヨークにあっても魂はここにあった。そのふたつをひとつにしてやるためにも、わたしはここにもどってくる必要があったの」というポーラ。

中庭に腰をおろして話をしながら、わたしたちはふと顔をあげて仮面やコスチュームを見つめる。赤い冠をかぶった大きなゴリラの頭からわたしは目が離せない。ジャン＝ミシェル・バスキアの絵を思い出すのだ。ポーラは「ジャクメルの舌」をじっと見ている。高いポールの先から牛皮の長い切れ端がフロアまで垂れている。「舌」は、よく語りぐさにされる、おしゃべり好きのジャクメル住民のことをいっているのだ。

一九九六年、永住するためついにハイチに帰ってきたポーラ・イポリットは、首都からバスに乗って「フレンドシップ街道」を走っていた。山間をくねくねと曲がってジャクメルまで続く道路だ。バスの窓から外に広がる木のない山を見て、ポーラは泣き出してしまった。

「おそれていたことが本当に起きていたの。山はまる裸だった」

バスに乗っていた女性が彼女の肩をポンポンとたたいて、どうしたのかときいてくれたので、ポーラはすすりあげながら小声で答えた。「山がまる裸だわ」

その女性はポーラの頭が変だと思った。

ポーラはカップ・ルージュに小さな土地を借りて落ち着いた。果物や野菜のあまりの高さにびっくりして、自分で育てることにした。彼女が選んで育てたのはブロッコリー。カップ・ルージュではまだ試みる人がほとんどいない野菜だったから。

「地面に種を植えると草や木が生えてくるのはいまだに驚きだわ」とポーラ。鉢や種、木の枝などを探してハイチ中を訪ねてまわり、それを使って、失われた樹木への捧げものとしてネックレスやブレスレットをつくる。週末のカーニヴァルにはそのジュエリーを町で売る。

ポーラの視線がまたあちこち移動して、今度は、縁にレースのついた黄色いサテン地を垂らした三匹の張り子のラバで止まる。ロバをめぐる中世風の祭りのように、ラバがカーニヴァルで、ほとんどエキゾチックなペットみたいに贅沢のシンボルになるのはなんとも逆説的な話だ。ラバといえば、このとき以外は荷を運ぶただの動物なのに。重たい積み荷を背負って野を越え山を越え川を渡っているあいだ、あっちへ引っ張られこっちへたぐり寄せられるだけだというのに。お世辞にもうらやましいとはいえない境遇のこのラバを、ゾラ・ニール・ハーストンは小説のなかで女たちになぞらえた。カリブ海世界の女たちは荷を運ぶ家畜みたいなものだとハーストンは見抜いていたのだ。C・L・R・ジェームズの『ブラック・ジャコバン』のなかにこんなシーンがある。植民者が、ラバをたたいている奴隷にむかってこうたずねる。「どうしてそんなにラバをひどく扱うんだ?」すると奴隷は「そうしなければわたしがたたかれるからです」と答える。ラバは「彼の」奴隷だったのだ。

ポーラは、通りを行ったところの展示場にならべてある、自分のジュエリーを見ていなければならない。わたしは中庭の散策を続け、十五フィート以上もあるメイポールの正面で立ち止まる。メイポールの上から下までをサテンのリボンがびっしりおおっている。左右対称で、複雑な、さまざまなデザインに編み込まれたリボン。
ハイチ在外居住者省がスポンサーになった旅のあいだ、カーニヴァルの司会と演技監督をつとめたミシェル・クラーン――カーニヴァル委員会のメンバーでジャクメルの熱心なプロモーターでもある――は、わたしたちグループが、ジャクメルのシティホールで開催されるメイポール・ダンス、「トレゼ・リバン」を観られるよう取りはからってくれた。男女一組になったメイポール・ダンサーたちが、ポールの先端に結ばれているリボンの端を手に持ち、リボンの下をくぐったりその上をスキップしたり、リズミカルにクロスしながら、ポールのまわりに華麗なモザイク模様を編みあげていく。

踊りの中心となる横木を見て、わたしは「メ・ソヴァージュ」を思い出した。フランス革命のとき、あの国の村々で自由のシンボルとして立てられた柱だ。ひょっとするとジャクメルにメイポールが入ってきた理由はその辺にあるのかもしれない。でなければ、中世から引き継がれた農民の祝祭「五月祭」の一環として、植民者たちがこの島で祝ったのだろう。ハイチのカーニヴァルでいう非公式な「十分《マリヤージュ》結婚《プディス》」のように、五月祭のお祝いでは偽の結婚――この場合は一年と一日続くとされる結婚――が演じられる。

ディヴェルスによると、カーニヴァルでは女装した男たちが豊作を祝ったり春の訪れを喜ぶメイ・クイーンの役を演じて、メイポール・ダンスを踊ることもあるそうだ。それで、アリアンス・フランセーズの中庭に立てられたメイポールの隣に、ペアでサテンのガウンが吊されていたわけがわかる。

アリアンス・フランセーズの建物に入ると、絵画や民芸品が売りに出されている。ヒョウタンでつくったハンドバッグ、巨大なオウムとハイビスカスが一面に描かれたお盆、ジャクメル風ジンジャーブレッド・ハウス——裕福なコーヒー商人が建てた瀟洒《しょうしゃ》な屋敷——の戸口や窓みたいな形の額縁。ポルトープランスの美術学校からやってきた若者が、絵を展示している画家と大声で議論している。その画家がだれかに自作について説明しているところにいきあたったのだ。

「この絵を説明できるのは私だけだ」と画家はいう。

「この世界に何かを提示するときは、だれだってそれを解釈する権利をもってるでしょ」と学生。

画家も負けていない。

「俺が描いたんだ。それが何なのか、それぞれが何を意味しているのか、俺にはちゃんとわかってる」

「あなたのはひとつの解釈にすぎないじゃないですか」学生が言い張る。

グッセが出ていく。ポケットに娘に宛てた手紙を入れて夜陰に消える。ドア付近にベージュと黒の柔らかな色調の、まるでセピア色の写真を複製したような小さな絵がある。海岸が描かれたその絵には数本のヤシの木があり、三人の人間が背中をこちらに、顔を海岸に向けている。

隣に、それを描いた画家が立っている。命がけで自分の絵を守っているみたいに。

「なんていう絵?」とわたしがたずねる。

「ジャクメルへの避難」それが答え。

ルシファーの仮面に惹かれてわたしは中庭にもどる。その赤いしかめっ面は、頭上にいただく二本の長い角のせいで牡牛のよう。セントルイス美術館の仮面展示会に添えられていた『仮面/文化の顔』という本のなかで、著者のジョン・W・ナンリーとキャラ・マッカーティーは、ジャクメルの悪魔の仮面はヨルバの戦闘の神であり、金属と鉄の神でもあるオグンを表象すると見ていた。

その悪魔をながめている人がほかにもいる、パパヨだ。市役所の近くで工芸品店を開いている人物だ。店は、町のカフェやレストランには行かない近所の男たちのたまり場になっている。やってくるのは、パパヨが店で販売するミニアチュアの家やビーズのカーテンの制作者、絵描きなどだ。ただの失業者もいて、店の壁越しに客をはさむようにしてパパヨとおしゃべりをしていく。近くのカトリック学校を夜間パパヨが見張るお礼に修道女が運んでくるランチを、パパヨは男たち全員と分けあうので、自分の食べる分がなくなってしまうこともあるとか。

わたしがパパヨに会ったのは、ある朝、彼がぶつぶつとなにかつぶやきながら店の前を掃いているときだった。わたしたちはジャクメルのことや、この町が多くのアーティストを引きつけ、インスピレーションをあたえるといったことを話した。

「ジャクメルがアーティストをたくさん輩出するのは、町が小さくて、俺たちのへその緒がしっかりつながってるからさ」と彼はいった。

パパヨがハイチにもどったのはコロンビアのボゴタで何年も漁師として働いてからで、四十一歳のときだ。自分の役割は、制作に時間とお金が必要なアーティストや工芸家たちと観衆を結ぶ架け橋になることだと彼は考えている。店にないものをなにか頼むと、即座に「それをやってる人間に話をしてみよう」と応じてくれるのだ。

　このところパパヨは古木から落ちた根っこを集めている。海岸に漂着したものもあれば、豪雨のあと山道のまんなかにころがっていたものもある。店のなかにはルーツ・スタンドと称するものがあって、そこで乾きかけた根がなんとも個性的な形を見せている。一本の大きな根などタコそっくり。群衆に見えるものもある。ロールシャッハ・テストみたいに、根は見る者によってまったく違った形に見えるのだ。未加工の根をこんなにたくさん売っている人は、わたしが知るかぎり、パパヨが初めてだと思う。自然のなかで発見されたオブジェ彫刻の形式は、ここではまだまだ新しい。

　パパヨがアリアンス・フランセーズのルシファーの仮面を、魅入られたように凝視している。

　しばらくしてからたずねてみる。「何が見える？」

　するとパパヨは、コンラッドの『闇の中』に出てくるマーロウのことばさながらに答える。「飢餓の悪魔が見える、悲惨の悪魔、悲しみの悪魔、強欲の悪魔もだ」

夜もずいぶん更けてから、ロナルド・ミューズが立ち寄った。モダンな——ポストモダンという人がいるかもしれない——画風と非凡な天然オブジェのアートでよく知られるミューズがジャクメルに移り住むようになったのは、ニューヨーク、カナダ、ポルトープランスに何年か住んでからのことだ。彼とはその日、シヴァディエ海岸近くの道端でばったり会っていた。急病で死んでしまった近所の女の子のために棺を買いにいくところだった。にらみつけるような眼差しと、心地良い笑い声、それに、社会や政治について熱っぽく意見を述べるおおらかな性格のミューズの姿は、町なかでもよく見かける。ショーツにTシャツ、おかしなパックを腰に巻きつけたごま塩のおさげ髪は、とにかく目立つのだ。彼の作品はこれまでにも、ハイチ、合州国、カナダ、フランス、メキシコのグループ展や個展で展示されてきた。初めて彼に会ったのは六ヵ月前のことで、友人が、ジャクメル郊外の小川と小さな墓所にはさまれて建つ彼の家にわたしを連れていってくれたのだ。スタジオを案内する前に、ミューズは家の裏手にある古い墓石を見せてくれた。わたしがジャクメルに滞在しているあいだは、街の周辺で彼をよく見かけることになった。地域の学校や、家の裏手斜面に建築中の自分のスタジオをつくるために、石やセメントを運んでいるところ、早朝なら、ふたりの息子と近所の子どもたちをトラックの荷台に乗せて学校へ送っていくところ、午後は、子どもたちを迎えがてら、ちょっと立ち寄って知り合いや若い画家たちとおしゃべりしているところ、といったふうに。みんな彼のことを「アティス・ラ（アーティスト）」と呼んでいる。

スタジオを見せてほしい、とロドニーとわたしがミューズに頼む。翌朝ということで話がまとまる。高いブリキの天井のついた広い納屋のようなスタジオは、描きかけの絵、仕上がった絵、完成したばかりの家具などでごった返している。テーマの幅の広さ、色や素材の豊富さには驚くばかり、とてもひとつのカテゴリーにはおさまりきらない。ハイチの美術批評家は彼がよく用いる多義的なフォルムのためにアブストラクトと呼ぶけれど、でも、彼のつくる像は判別可能なことが多い。たとえばある絵では羽根を広げた悪魔だったり、白っぽい、いかにも脆そうな十字と心臓だったり。ミューズは自分の作品を、ジャズのような、一種のインプロヴィゼーションと考えているが、同時に、歴史のギャップを埋めるひとつの方法として、だれもが共有する記憶を再創造する試みだと考えている。

「ハイチの歴史が教えてくれるのは政治の歴史だ」スタジオの外でかしましく鳴くセミやバッタの声に負けじと、彼は声を張りあげる。「たとえば、独立前にハイチ人は何をしたか？　何を着ていたか？　何を食べていたのか？　風呂はどうしていたのか？　質問されても俺はまったく答えられない。なんだか手足をもがれたような気になるよ。だから自分でその空白を埋めることにしたんだ。失われたイメージを創造して」

　制作中の作品をひとつひとつ見ながらスタジオ内を移動する。三つ葉模様《トレフォイル》のフレームにぴったり合う小さな絵のシリーズから、フラットメタルを古い黄麻布《バーラップ》の袋に付着させたコラージュまである。

　ミューズは父親が捨てたブラシを使って、小さいころから絵を描いていた。十三歳のとき、自分がおかれた環境をもっとよく観察するために学校をやめた。木に登り、小川で泳ぎ、彼が「マイクロ・ランドスケープ」と呼ぶものを虫眼鏡で観察しはじめた。蟻が地面のちっぽけな穴をせっせと出入りするところ、小さな草や花、泥団子。大人になってからはそういった微細な眺《ビスタ》めを自分の作品のテーマにした。ところが、ハイチの土地に対する観察をダイレクトに再生した作品であったにもかかわらず、彼の作風を認めないハイチ人もいた。独学のハイチ人アーティストに見られる、だれもが好む「ナイーヴな」スタイルではないという理由で。

彼はニューヨークへ出ていった。ジャズクラブでバーテンダーとして数年働いていたころ、ミュージシャンやアーティスト、作家と友達になった。そのなかには『羊たちの沈黙』の作者トマス・ハリスもいた。昼間は美術書を読みあさり、美術館や画廊を訪ね歩き、自分がアメリカン・ポップ・カルチャーに取り囲まれていることに気づいて、これは解放的だと思った。「みんな、じつにさまざまな方法でアーティストとして自分を表現していることがわかった」からだ。

スタジオでわたしはドアのコレクションを見つける——フランス風のもの、ルーヴァーつきのもの、鎧戸のついたもの。ジャクメル郊外や田舎で取り壊される古い屋敷から彼が救い出してきたドアだ。ドアを収集するのはジャクメルの古い建築を保存するためでもある、とミューズ。でも、それだけではない。ドアは開くこと、道筋、それに十字路を守護するヴードゥーの精霊、レグバをも象徴するのだ。

「ハイチ人はあらゆることに前衛的だった」薄緑色のドアの、細いルーヴァーに指を走らせながら彼はいう。「たとえば、ハイチの工芸家たちはブリキの缶でランプをつくり、モーターの燃料容器で彫刻をつくってきた。ヨーロッパ人が芸術的手法としてコラージュなんてものを使うはるか前から、貧しいハイチ人は新聞や雑誌を使って家の壁を装飾した。パリ・マッチもニューヨーク・タイムズもル・ヌヴェリストもなんでも使った。だからハイチの農家のおっさんがベッドに横になると足先にブリジット・バルドーの両目がある、なんてことになるわけだ」

ミューズの笑い声が部屋中に響いているうちに、どこかで時を告げる雄鶏の声が聞こえてくる。こういう、夜明けを待ちきれずに鳴く雄鶏のことを、わたしは二十四時間雄鶏と呼んでいる。

「ハイチではシューールレアリズムなんてごくあたりまえのことさ」ミューズは続ける。

「アンドレ・ブルトンみたいなフランスのシューールレアリストがわざわざ、ハイチで起きていることを見にやってきた理由はそこだな。なぜ、大きな果物や森やジャングルを描くああいう画家たちがいると思う？　木のほうはすっかり姿を消してしまったというのに」

「なぜ？」なぞなぞの答えを待つようにして、わたしはきく。

ミューズは答える。「そのわけは、俺たちは、ここの生活に欠けているものを描くからさ。俺たちはそのギャップを埋めるために描く。食料が足りないから果物を描く。ほとんど木がなくなったからジャングルを描くってことだ」

ミューズの後ろにドラムが一セットある。地元のドラムづくりの人たちに手伝ってもらってミューズがつくったものだ。アートとしてドラムをつくることはあまり一般的とはいえない。ミューズがそれをやっているのは、間違ったことをを正すため、苦痛に満ちた記憶を癒すためだという。一九四〇年代にカトリック教会がハイチ政府の支援を受けて、全国的な「迷信撲滅」キャンペーンを組織した。このときヴードゥーの儀式に用いられるドラムが焼かれ、ハイチでいちばん大きくて豊かな木陰をつくるだけでなく、聖なる木とされるマプーの木が切り倒されたのだ。

「なぜジャクメルなの?」ロドニーがきく。世界中どこにでも住めるほど名の通ったアーティストである彼が、なぜジャクメルの森のなかに住むようになったのか?

ジャクメルに来た理由は、基本となる自然の要素、たとえば小川、水、山、墓地なんかのそばに来て住みたかったから、それにハイチの「アウトサイド・ピープル(田舎の人たち)」のことをもっとよく知りたかったからだ、とミューズはいう。

彼のいうことを聴きながらわたしは、ユーゴスラヴィア生まれの詩人チャールズ・シミックがいったことを考えていた。アーティストというのは「陽のあたる広いところを歩いている」人たちに混じって暮らすのがどういうことかを知らねばならないし、「同時に、固く閉ざされた扉の裏に隠れている人たちと暮らす」のはどういうことかも知らねばならないのだ。

数日後、ミューズの奥さんのコンスエラが、前年のカーニヴァルのときに撮った彼の写真を見せてくれた。この地域の人たちが、カーニヴァルのパレードに出かける前に彼の家に立ち寄ったときのものだ。彼の義母が、一行が華々しく目立つようにと、メイクアップ用品とコスチュームを持ってきた。その写真には、まるでお気に入りのキャンバスに絵でも描くように、念入りに、ひとりの老女の顔にリップスティックを使うミューズの姿が写っていた。

ミューズの背後を緑色のトカゲがシュッと走って、まだ仕上がっていない一枚の画布に跳び乗る。一瞬、そのトカゲが以前からずっとそこにいたみたいに、まるで絵の一部になったように見える。

ミューズはカーニヴァルには行かないけれど、首都からやってくる数人の友だちや親戚たちの面倒を見る。

「俺がカーニヴァルに行く必要はないさ。作家もそうだけど、アーティストのイマジネーションってのはカーニヴァルみたいなもんだから」

きみはまだカーニヴァルに満足してない
でも、聖灰の水曜日はそこまできている。

マンノ・シャルルマーニュ
「ラマヨット」

樹木のカーニヴァル

ポルトープランスに住んでいた子どものころ、シャロスカのほかにもわたしを探しにやってくるカーニヴァルのキャラクターがいた。でもこちらからは絶対に探しにいかなかった。ラマヨット。ラマヨットは秘密、わくわく、ぞくぞく、だれもが開けたがる悪気のないパンドラの箱だ。

カーニヴァル・シーズンは日曜の午後になると毎週、たしかラマヨトゥールと呼ばれていた人がやってきた。たいていは、背中に箱か袋を背負って家から家へと訪ねてまわる男の人だ。なかには子どもたちが一ペニー払ってでも見たくなるようなモノが入っていた。ラマヨットなんか見にいってはいけない、とわたしはいわれていた。でも、近所の子どもたちが箱や袋のなかを順番にのぞき込んで、なにを見たか教えてくれた。ラマヨットが、大きな大理石やプリズムといった、すごく面白いモノだったこともあるけれど、トカゲ、カエル、カメ、ヘビなんて小動物だったこともある。そんなものでも都会育ちの子にはめずらしかったのだ。

あとになってから、ラマヨットということばが大人の会話のなかではさまざまな使われ方をすることに気がついた。人がなにかを一瞬チラッと見せようとすると、それはラマヨットだ。現物を見ずにモノを買うときは、ラマヨットを買うという。恋人との極端に短いデートもラマヨットというし、偽者や、政治家の公約もラマヨットだ。ハイチに行ったことのある人ならだれもが、この国が森をすっかり失ってしまったことに気がつくはずだ。その激変ぶりに、ハイチでは樹木もまたラマヨットだと思うかもしれない。

一九九〇年代に、大人になって初めてハイチにもどったとき、わたしは木が一本も残っていないのを目にして本当に大きな衝撃を受けた。数え切れないほどの木が伐採されて植林もされていないことは何度も読んで知っていたので、砂漠を目にすることになると覚悟したほどだった。ジャクメルに心惹かれる大きな理由は、ハイチのほかの地域にくらべると、ここはまだ緑が豊かなこと。ナツメヤシやココナッツの木が海岸に列をつくっているし、道端ではバナナ、アーモンド、マンダリンの木立が家々の目隠しになっている。それに、ジャクメルの近くのセゲンという高地には松の森があって、ハイチでも指折りの木が生えている。

正式には「パルク・ド・ラ・ヴィズィット」と呼ばれるこの松の森について、わたしは、ふたりのアメリカ人、テキラ・ミンスキーとJ・P・スレイヴィンがそれぞれ、ポルトープランスの丘からその森まで歩いて書いたふたつの記事を読んでいた。去年の夏、いっしょに旅をした友人のフェドとわたしは松の森に興味をそそられ、その森を見にいくことにした。

時間があまりなかったため、わたしたちはピックアップを借りて、幾重にもつらなる険しい山地の岩だらけの道を縫うように走った。(むかし友人がこんなことをいっていた。「みんないつも、ハイチのひどい道路のことを書く。道が悪いからこそ、これから行こうとしている場所の本当の美しさを、着いたときに満喫できるのに。悪い道は、その美しさを〈手に入れる〉ためにあるのに」

ひとつの山の斜面をどんどん上っていくと、車がガクンガクンと揺れるたびに、本当に、美しさを手に入れているような気がしてくるのだ。まるで絵のなかにいるように、わたしたちのまわりをほかの山の峰が囲み、急勾配の斜面には豆、ヤム、コーヒーが植えられ、収穫されたあとが広がっている。切り立った崖の縁には、峡谷と空にはさまれるようにして、小さな村と墓地が危なっかしくぶら下がっている。わたしたちは、ぽつぽつと点在する家の前を、老人や子どもたちに挨拶しながら四苦八苦して通り過ぎる。のろのろ走る車といっしょに大股で走ってくる子どもがいたり、どこかへ行く途中なのかトラックの荷台に飛び乗る子もいる。道のあそこは避けたほうがいい、といいながら、面白半分に質問してくる。

松の森へ行くの？

そう。

リポーターなの？　それとも、政府の人？

わたしたちは誇らし気に、自分がハイチ人であること、この国のことをもっとよく知りたいと思っていることを伝える。

友人のフェドは、マイアミに翻訳会社をもっている。十六歳までハイチに住み、カナダに引っ越し、それから合州国へやってきた。道で出会った人たちとフェドがあんまり楽しそうにおしゃべりをするものだから、別れるころには、ずっと以前からの知り合いのような気がしてくる。別れ際に彼らは「がんばってね《アンクラジェ》」という。目的地まではそれほど遠くないのに。セゲンはすぐそこだ。遠いと思うか近いと思うか、どう感じるかは受け止め方と決意次第。時間もまた主観的なものになる。本当に一時間たったの？　その間、たった一マイルしか進んでいないの？　しょっちゅう停車するので、わたしは墓地を写真に撮ることができる。フェドはそれを、病的なこだわりだと思っている。彼はもっと広大な風景を撮るのが好きなのだ。わたしたちがあとにしてきた海、でこぼこの列をなす山々。この壮観な山々も、平らな紙面に印刷されてしまうと奥行きまでは見えなくなるのだから、そんなの、つまらない写真だとわたしは思うのだけれど。

ひどく不安になるのは十字路だ。道しるべがひとつもないまま分岐する路。間違えるといま来たところへもどってしまうし、最悪の場合、ポルトープランスまで行ってしまうかもしれない。そんな十字路のひとつでマルレーンを拾う。セゲン近くの村まで家族に会いに帰る十九歳の女性だ。ブルージーンズにストライプのブラウス、ラップアラウンド型サングラスをかけたマルレーンはなかなかすてきだ。山を下りて、ジャクメルでドレスメーキングを勉強しているとか。かつてハイチの生活には欠かせなかったこの技術も、海外から押し寄せる山のような中古既製服に押されて次第にすたれてきた。でも、まだまだ注文仕立てのドレスを着たがる人はいるし、そのお金を払える人のために服を仕立てて食べていけると彼女は思っている。

マルレーンはジャクメルでは大人気の女性だということがわかる。出会った人とかたっぱしから車の窓を下げておしゃべりになるのだ。みんな彼女の名前を知っているだけでなく、その父親、義理の母親、三人の兄弟のことまで知っている。彼女の家に着いて父親に紹介されたあとも、わたしたちが道に迷うのを心配して、マルレーンがついてきてくれる。

セゲンに着くころ、道は平らになる。町役場、寄り合い場所、コミュニティセンター、教会をすべて兼ねるらしい白とターコイズブルーの建物の階段からは、松の森の外観がもう見えている。ターコイズブルーと白のその建物は、尖塔の先に上向きの矢がついている。ふつうなら十字架のある場所だ。矢は、美術史家のロバート・ファリス・トンプスンによると「戦いのサイン、侵略と男としての自己主張のトークン」だそうだが、標高五千フィートを越えるこの地方では、ひょっとすると天国は二番目に高い場所なんだと痛烈に思わせるものともいえそうだ。

遠くで女の人が金切り声で叫びながら、砂利を敷いたばかりの工事中の道路にむかって走っていく。大統領直轄プロジェクトであるその道路は、セゲンをポルトープランス近くの丘につなぐものだ。ふたりのアメリカ人、テキラ・ミンスキーとJ・P・スレイヴィンが徒歩でたどった道がもうすぐきれいに舗装されて、公共の交通機関ができ、市場へものを売りに出かける大勢の人たちにとってもぐんと近道になるのだろう。これまでは頭に重たい篭をのせて、歩いて出かけなければならなかったのだ。

叫んでいる女性のことを、マルレーンがだれかにきいている。

「事故があったんだ」子どもがいう。道を造成していた軍用トラックが転覆して谷に突っ込んだ。数人が怪我をした。犠牲者の家族が怒るのをおそれて運転手は逃げた。まるで事故に遭ったのが自分の身体で、その痛みのために叫んでいるようなその女性は、愛する人になにが起きたのか知ろうと駆けつけるところだったのだ。

松の森へ向かう途中、地面から巨岩が突き出ている公園をいくつも通る。一面、岩は自然が形造った彫刻となり、なかには、まんなかからぱっくり割れて空にむかって叫ぶ口のような岩まである。テキラ・ミンスキーはハイチに関するウェブサイトに載せたエッセイで、この岩を見て「唖然として口がふさがらなかった。土地の人たちはクラゼ・ダン（歯砕き）と呼んでいる」と書いている。これはたぶん、岩が歯のように見えるだけではなくて、その岩にぶつかったら間違いなく歯を砕いてしまうという理由からだと思う。この岩を見ていると、わたしはどうしても、大地全体がひとつの生命体で、海や川がその血流で、地面は皮膚、岩は骨だという証拠を見ているように思えてならない。

気温がかなり下がってきた。わたしたちの剝き出しの腕や脚には晩秋の一日のように感じられる。道で行き交う、農作業を終えて家路をたどる人のなかには、冬用のウールのロングコートを着込んだ人もいる。マルレーンがわたしたちと別れて家路につく。途中、友人の家に立ち寄るらしい。彼女とは、翌日の午後、わたしたちが帰る途中に落ちあうことにする。

公園のはずれに、旅行客用の小さな宿《オーベルジュドラヴィズイット》がある。石壁と赤いトタン屋根でできた家が二軒ならんだ小さな牧場だ。門をくぐると、ジャーマンシェパードがわたしたちの車を出迎えてくれる。犬は別として、見るからに荒れ果てたところだ。さらに入っていくと男の人があらわれる。マネージャーのジェラルドだ。予約はとっていなかったけれど、幸い、わたしたち以外に客はいない。

あっという間に夜になり、宿の正面のポーチの向こうは、なにもかも闇のなかだ。ケロシンランプがなければ、自分の手さえ見えない。そこへ、いきなり雨が降り出す。大きな雷鳴をとどろかせながら降る雨は、子どものころ住んでいた家のトタン屋根にあたる雹《ひょう》を思い出させる。大勢の人がいっせいに拍手するような、ものすごい音をたてながら降ったあの雹。

屋内で、ジェラルドと、宿の料理人として働くナデージュといっしょに、雨音を聴きながらドミノをする。彼らを説きつけて、過去の泊まり客の面白い話を引き出そうとするけれど、うまくいかない。

わたしはゲストブックを読んでみる。

「山を下りるのは悲しい、でも、ぜひもどってきたい」とニック・ビショップは書いていた。ほかにも「この未踏の山のなかにぼくは自分の魂のいくばくかを残していく」とフランス語で書いた人がいる。

小止みなく降りつづく雨の、心地良い雨音に誘われて、わたしはぐっすりと眠りに落ちる。稲妻も雷鳴もなく、ひたすら雨が降る。


午前五時ころ、雄鶏が時を告げて――ここの鶏は二十四時間雄鶏ではない――陽の光があまりまぶしいものだから、もう何時間も前から太陽が昇っていたような気がしてくる。でも気温は低く、初冬の朝のように寒い。近くの道を歩いていく農家の女の人たちをまねて、わたしは寒さよけに、頭にイリアナおばさんのスカーフを巻きつける。最後におばさんを訪ねたときにプレゼントされたものだ。朝食をすませると、鶏小屋の横を通って丘を下り、豆畑へ行く。フェドが立ち止まって、葉陰の白い豆の花を写真に撮ろうとする。南部の都市レ・カイとポルトープランスで育ったフェドは、やっぱりシティボーイだ。植物のつるから花が咲くそのことに、驚いている。

切り開かれ、ならされ、まだ舗装はされていないけれど砂利が敷かれた道を、わたしたちは車で下る。事故はきっと、もっと下のほうの、あまり平らでない地面で起きたのだ。脇道にそれて森へ入る。松林、シダ類、低木に混じって野生のサボテンが生えている。そのまわりを、昨夜の雨でじっとりと水を含んだ松葉や松かさのクッションが取り巻いている。あたりは松の芳香に包まれ、一群れの鳥が樹上からこっちをめがけて急降下してくる。わたしたちがラマヨットでもあるかのように。

最初、わたしたちは堂々めぐりをする。何度やってもおなじ場所に出てしまうのだ。わたしは松について読んだことを復習する。世界には二百種類の松がある。生長は比較的速いけれど、四千年生きる松もある。雄の松かさと雌の松かさがつくられ、雌のほうが雄より大きくて目につきやすい。雄の松かさには花粉ができ、雌の松かさに受粉して種子をつくる。できた種子は風に乗って何百フィートも旅をし、親の松から遠ざかる。

生地から出ていく移住者たちのように。

公園のなかには固いもの、柔らかいもの、大きさも形も、さまざまな松がある。なかには高さ百フィートを越すものもあるけれど、たいていはもっと低くて幹も細い。

岩にあたって砕ける水音が聞こえたので、そちらへ向かう。何層にも重なって流れ落ちる一連の滝の周辺には、洞穴や岩屋がたくさんある。独立前、奴隷たちは支配者を襲撃するため、こんな森のなかで落ちあった。米国が十九年もハイチを占領した時期（一九一五〜三四年）、強制労働を避けたいと思った人びとは、自主独立部隊を組織するために森のなかや岩屋、洞穴の乾いた通路で落ちあったのだ。一九六〇年代に、独裁者フランソワ・デュヴァリエの退位を要求してハイチに侵入した国外追放者たちは、自分たちの姿を視界から隠すために密生した樹木や森を隠れ蓑《みの》にした。そこで、デュヴァリエは交通遮断線を設けるために、北部の森をまるごと燃やしてしまった。未来の革命家たちが隠れる場所を一掃したのだ。この松の森を法律によって保護区域に指定したのがデュヴァリエの息子、ジャン・クロードだったのは最大の皮肉に思える。あるいは、自分の父親がほかの樹木を絶滅させたせめてもの償い、といえなくもないけれど。

公園管理局の人が森の地面に倒れた松の木を鋸《のこ》で引いて片づけている。松の木を伐採するのは違法だから、この土地から離れる松の木は古木になって自然に倒れた木だけだ。松の木は最良の材木になり、そのパルプ材から紙ができる、といわれている。

一九九九年十一月に雑誌「フード&ホーム」にJ・P・スレイヴィンが書いた記事によると、ハイチの学者でヴードゥーの祭司でもあるマックス・ボーヴォワールがセゲンの公園について、スレイヴィンに「これらの山はすべて〈ブティリエス〉とみなされます。始祖たちの土地ということです。人びとがそこへ行って馬から下り、靴をぬいで、ひざまずいて祖先に祈りを捧げるのを見るのは別にめずらしいことではありません」と手紙をくれたとか。

デュヴァリエ(父)体制打倒の遠征のさなか、デュヴァリエ派の一味に待ち伏せされたハイチの小説家ジャック・ステファン・アレクシーが、死ぬ前に書き残したことばがある。「ときに樹木は倒れることもあるが、森の声はけして力を失うことはない」彼のこのことばは正しかった。そして、それはいまも正しい。松の木々をそよそよと吹き抜ける真昼の風は人の声を思わせる。幹にぶつかりこだまするわたしの声までが、あたりの声と溶けあって聞こえるのだ。
森の木がまばらになって、大きな谷の峰に出る。わたしたちの上と下を雲がゆっくりと漂い、頭上には巨大な筆跡のようなすじ雲が流れ、下手には積雲の塊が弧を描いてゆく。わたしたちは究極のラマヨット・ゲームをしているのだ。雲が谷の一部をすっかり隠しているかと思うと、下手に川、丘、滝の全景がくっきりと見えてくる。トニ・モリスンなら「悪魔の混乱」というかもしれない。一分後にこの目に映るものといえば、すべてをおおい隠す豊かな緑のカーペットになっているのだから。

午後、あまり遅くならないうちに宿にもどって、山を下りるために出発する。途中、マルレーンを父親の家の前で拾う。彼女が軍用トラックの事故の詳細を語ってくれる。わたしたちが最初に聞いた内容よりもずっとひどいものだった。何人もの人が死に、そのなかには泣き叫んでいた女性の息子も含まれていた。山を下りる途中も、マルレーンが出会った人全員にさよならをいうため、車を止める。

「山の道は人生みたいなもんだわ」とマルレーンはいう。「どこで終わりになるかわかったもんじゃない」

わが国とおなじように悲惨な国が、歓びに満ち満ちた、じつに多くの祭りを擁しているということには重要な意味がある。それらの……まばゆいほどの興奮、そして参加するわれわれが盛りあげる熱狂はどれも、もし祭りがなければ、われわれが暴発しかねないことを暗示しているのだ。

オクタビオ・パス

カーニヴァルの金曜日

カーニヴァル中の週末に、ハイチは全国的な危機を経験することになりそうだ。数週間前にジャン＝ベルトラン・アリスティィド元大統領が再度選出され、それに反発した対抗勢力が独自に別の政府を打ち立てたからだ。これでは、だれかが予言したように内乱になりかねない。全国カーニヴァルの週末のあいだも、それまでとおなじように、インフレや失業への不安、高い非識字率、政界の腐敗、土壌の浸食、密輸といったこの国の心配事は手つかずで残ったまま。つまり、この国は悪魔の四重奏と格闘しているといってもいい。先日、アリアンス・フランセーズの中庭でパパヨが見えるといった、飢餓の悪魔、悲惨の悪魔、悲しみの悪魔、強欲の悪魔の四重奏だ。金曜の夜に、人はジャクメルにその証拠がないかと必死で探すのだろう。その夜は全国カーニヴァルの祝典の幕開けとなる大がかりな花火ショーがあり、これがカーニヴァルの週末に夜毎くりかえされるのだ。花火が消えるたびにわたしは、むかしマイアミで見かけた、ハイチ人が所有する車のバンパー・ステッカーを思い出す。そこには「道もない、電気もない、水道もない、電話もない、それでも私はハイチが好きだ」と書かれていた。

その日の午前中、わたしはジャクメルでも指折りの名所のひとつに行ってきた。バッサン・ブルという土地にある瀑布の真下の、ターコイズブルーの三つの池だ。濡れて滑りやすい岩に沿って、青緑色の池まで降りるためのロープの持ち主、アラダンがそのバンパー・ステッカーとおなじようなことをいっていた。「ハイチみたいな土地に対する愛情ってのは、説明のつかないものさ。いいところもあるけど、悪いところもある。でも、いい部分よりも悪い部分のおかげで、それがもっと好きになることだってあるんだ。愛してるし、憎んでる。哀れんでもいる。守ってやりたくなる。ハイチってのは、そういう相手だな」

カーニヴァル直前の金曜の午後、オテル・ド・ラ・プラスでミシュレ・ディヴェルスとばったり再会する。今回は新顔のハイチ人や外国人でテラスがいっぱいだ。バーを出たり入ったりする客、二階の部屋に通じる階段を昇降する客もずいぶんふえた。通りの向かいの広場では、大型ラジカセが新旧のカーニヴァルソングをメドレーで流している。次の火曜日まで学校が休みの学生たちがカード遊びをしたり、「恋《アレ》人《デ》通り《ザムリュ》」を散歩したりしている。広場のベンチに腰かけた老人たちはステッキにもたれて、首都やどこかほかの土地からやってきた客たちが、あてもなく目の前を通り過ぎるのをながめている。客たちはまるで、音楽、樹木、いつも変わらず遠景を占める山々まで、なにもかも全部いっぺんに見てやろう、とでもいうようにきょろきょろとあたりを見まわす。広場の中央にある見晴らしのいい東屋では、ふたりの男が客用のピンボール・マシーンを設置したところだ。キャンディ、チューインガム、煙草の売り手たちといっしょに、粉砂糖つきバナナフリッターをつくる料理人が陣取っている。このフリッターを通りで売っているのは、カーニヴァルのときだけなのだ。

オテル・ド・ラ・プラスの斜め向かいの交差点に、若者たちがゲーム用のテーブルをセットした。一番人気は水差しとビンのキャップを使うゲームだ。たっぷりと水の入った大きな水差しの底のまんなかに、ビンのキャップがおいてある。コインを水中に落として、キャップのなかにうまく入れれば勝ち、というゲームだ。うまくいったら水差しのなかのお金が全部か、または、ほかの商品、キーホルダーとかぬいぐるみがもらえる。うまくいかなかったらコインはそのまま水のなかだ。

このゲームのことなら、子どものころから知っている。従姉といっしょに自分の家で何度もやっていたから。一枚のコインを水差しのなかに落として、それをスプーンで取り出して、また落とす。コインが水差しの口から底へ落ちていくところは何回見てもスリリングだった。ビンのキャップをかすめて落ちることもあれば、見事になかにおさまることもあった。小さいころは、コインがビンのキャップのなかに入るのはチャンスの問題だと思っていたけれど、いまでは、水が硬水か軟水か、真水か塩水かといった物理的な要因を上手く操作できるかどうかだとわかっている。間違いない。塩水だとコインはゆらゆらと遊んでまっすぐ下に落ちないのだ。

ロシアの批評家、ミハイル・バフチンのことを考える。ゲームというのは未来に、運命に、深く関係していると彼は書いた。カーニヴァルのゲームは「人生と、歴史的な過程とが濃縮された公式なのだ。つまり、運と不運が、得と失が、栄冠と失冠が」とも。

ディヴェルスとわたしが水差しとキャップのゲームをやっておなじような結果になったとき、彼がどこか上の空だと気がつく。心ここにあらずといった感じで、ナーヴァスになっている。

「カーニヴァルのことさ」彼は心配事を抱えているのだ。カーニヴァルに出場するいくつかのグループと市役所側の意見が食い違っていた。口論になったバンドがカーニヴァルに参加しないと息まいている。ディヴェルスは昨夜から一睡もせずにバンドと交渉して、日曜に彼らが参加するかどうか返事を待っているところなのだ。

屋内のバーで、わたしが買ってきた小さな袋からディヴェルスがピーナッツをひとつ、ふたつ摘みながらいう。「カーニヴァルがなんとかうまくいくようにしたいんだ。もしカーニヴァルがうまくいかなかったら、ジャクメルの印象まで悪くなる。ジャクメルの評判がかかってるんだ。俺たちの姿がそのまま出るんだから。カーニヴァルがうまくいかないときはいつだって、たとえよそからやってきた客たちが満足したって、ジャクメルの人間は戸惑うばかりだよ。だって、もっとうまくやれることを知ってるわけだからさ、俺たちは」

「理想的なカーニヴァルってどういうもの?」ときいてみる。

「パーフェクトなカーニヴァルなんてものはわからんが、うまくいかないときはわかる」とディヴェルス。「そうだな、いいカーニヴァルってのは色彩が豊かで、音楽もたっぷりあって。大勢の人が楽しんで、だれも傷つかない」

「日曜はすごくいいカーニヴァルになりそう?」

「そうなるように委員会はいっしょうけんめいやってる。ホントに、なにもかもすんなりと行ってほしいよ。とにかく日曜はまずいことが起きないでほしい。一度なんか、惨憺たるものになってしまったからなあ」

ディヴェルスが語る惨憺たるものというのは数年前のことで、カーニヴァルのパレードの真っ最中に火事が起きたのだ。

「日曜のパレードが突然、うち切られた」ジャクメルに長期滞在していたキャロル・クリーヴァーは雑誌「ニュー・リーダー」に書いた。「カーニヴァル・クイーンを乗せた山車が燃え出したのだ。クイーンの高台につき添っていたローカルバンド、ジュヴァンソーのメンバーは楽器を放り出し、火葬用の薪束と化した山車から跳び下りた。群衆はクイーンを助け出し、近くに停車中の、ガソリンタンクが爆発しそうな車を運び去り、火の勢いを見ながら立ちつくしていた。消防車が到着するころには、火はすでに燃えつきていた」

ディヴェルスは著書のなかでこの火事のことを、幸い二度とくりかえされることのない、まれに見る不幸な事故と書いている。ディヴェルスの話からすると、事実上の軍政が敷かれている時期のカーニヴァルは、とりわけ一九九四年の春に起きたものは、火事になったカーニヴァルとおなじくらい悲惨なものだったようだ。それでも人びとはカーニヴァルを続けた。人びとの毎日の苦闘にとってカーニヴァルは欠かせない気晴らしだったからだ。

一九九四年は「動乱の絶えないこの小さな国の歴史上、最悪の政治危機の年だった」とディヴェルスは書く。「カーニヴァルは国際的な経済制裁のなかで行われた。すごいインフレ。大きな期待。産業は立ち行かない。厄介な窮状。電気の来ない街。指導を受けない若者。それでも人は自分で楽しまなければ、踊らなければならないのだ」

あの春は、バンドはいつもより大きなスピーカーで、自分たちのカーニヴァル讃歌をふてぶてしく、がんがん鳴り響かせたもんだ。声はいつもより大きかったし、みんなは長いあいだ踊りまくった。極限状態に近い窮状に反抗するみたいにして、とディヴェルスは語る。

ということは、ジャクメルのカーニヴァルは現代版「ブレッド&サーカス」なのだろうか？　つまり、キャロル・クリーヴァーがその記事のなかで明言しているように、人びとの不満をほかのものに向けてそらし、懐柔するためのパンと見せ物なのだろうか？「カーニヴァルはいつだって生活からのブレイクなんだよ」とディヴェルス。「この国は金銭的にみれば人は貧しいかもしれないけれど、文化は豊かだ。カーニヴァルはその豊かさを示すチャンスだな。もしもみんながパンのことしか心配しないなら、こんな芸術表現が出てきただろうか？　絵を描いたり、ものを書いたり、音楽をつくったりするかい？　ことわざでもいうじゃないか。〈ダンスのあとはドラムが重い〉って。でも、ダンスをしている最中は、ドラムの重さのことなんか考えない。面倒なことはすっかり忘れて楽しくやるのさ」

その夜、ロドニーとわたしは市役所のカーニヴァル・クイーンを選ぶ行事をのぞきにいく。コンテストはサンバ・ナイトクラブで開催されることになっている。屋外ダンスホールだ。中庭にはテーブルや椅子の列がならび、その中央にリングのような形のステージが設けられ、周囲には公式スポンサーであるラジオ局「ヴィジョン2000」の紅白の風船と大きなバナーが結ばれている。空いっぱいに打ちあげられる花火が一瞬、無数の星より大きな光を放つ。ステージのラウドスピーカーからはエルトン・ジョンの歌声が鳴り響いている。

「アイ・ビリーブ・イン・ラヴ」エルトンは歌う。「イッツ・オール・ウィーヴ・ゴット」「ヴィジョン2000」と市役所側の連絡係をつとめるジャーナリスト、ピエール・ナゾン・ボリエールがバーにいる。コンテストには十二人の申込者があったとか。でも、全員が出場するとは彼も思っていない。「若い娘たちは恥ずかしがり屋だから、説得するのに大変だよ」とボリエール。

その出場者が数人、換え衣装を詰めたバッグを持って到着、ボリエールに挨拶すると、そそくさとバーの後ろの部屋へ消える。

最大の目当てはもちろんカーニヴァル・クイーンになること、「南東部のミス・カーニヴァル」という公式タイトルを獲得することとなのだろう。クイーンになれば、日曜日には公式スタンドで諸外国の大使や地元の要人と同席して敬意を受けることになる。ラジオ局「ヴィジョン2000」のインターネット・ウェブサイトにも登場して、三百米ドルをもらって、さらに十二インチのカラーテレビ、ふたつの携帯電話、北部の古都カパイシアンへ行く航空券を二枚、それに一週間の予定でドミニカ共和国へ旅する航空券を二枚もらえるのだ。次点者はジャクメルのアリアンス・フランセーズから残念賞を受け取る。ボリエールの予想では、おそらくこの地元の医者が書いた詩集になるらしい。

イベントが始まる前に照明が消える。ふくれあがる見物客のなかを、一瞬、息を飲む気配が駆け抜ける。星がぐんと大きく、花火よりも輝いて見える。銀色の月明かりの下で観客はごそごそとライターや懐中電灯をまさぐり、ボリエールは発電機を調べに走る。

照明は、消えたときとおなじように突然つく。

「カーニヴァルの週末はこんなことにはならないようにしなくちゃ」近くにいた人が勝ち誇ったように叫ぶ。「停電なんてごめんだぞ。停電はなしだ!」

音楽がまた聞こえてくる。今度はジェニファー・ロペスの「イフ・ユー・ハド・マイ・ラヴ」でも、歌詞がクレオール語だ。ジャクメルにJ・Loが? クレオール語で? ホントにそっくり、でも若者文化ってどこへ行ってもおなじ、なのよね。

週初めに訪ねた中等学校、リセ・アルシビアード・ポメラックの生徒数人が目に入る。翻訳されたジェニファー・ロペスの歌詞を口ずさみながら、ミュージックビデオをまねて複雑なダンスステップを踏んでいる。若者たちはコンテスト出場者のひとりで、クイーンにおにあいの、以前のクラスメートを応援するために来ているのだ。

ふたたび照明がついてコンテストが始まる。クラブはすし詰め状態。立ち見席しかない。出場者は五人だけで、これは審査員とおなじ数だ。出場者に出された最初の課題は、自己紹介をして、全国カーニヴァルの公式由来を説明すること。出場者は名前をいって、それから順番に、みんなディヴェルスのカーニヴァルの本から取ってきた文句にアドリブを加えたような、似たような答えを口にする。

「全国カーニヴァルは一九九二年に開始されましたが、正式に認められたのは一九九五年、文化大臣と観光大臣の面前で、報道関係の代表者、近隣諸国の代表者、そしてわたしたちのカーニヴァルを支援するためにわざわざやってきた海外居住のジャクメル市民が居ならぶ前で、です。カーニヴァルは彼らのものでもあるからです」

出場者のプレゼンテーションに続いて、土地の人が合州国に住むハイチ人「ディアスポラ」をまねた寸劇を披露。偽のアメリカ風アクセントを交えたしゃべりに観衆が湧く。出場者が衣装を換えてもどってくる。きらびやかなイヴニングドレスもあれば、デニムの野良着もある。ファッションショーのスーパーモデルさながら、彼女たちは背筋をすっと伸ばして頭を高くあげ、ステージの縁を何度も歩く。

「クイーンはカーニヴァルの目玉だから」とディヴェルスが以前いっていた。むかしは市庁舎に集まった町の実業家たちが、一年かけてめぼしい候補者を何人かあげておき、そのなかからひとりのクイーンを選んでいた。クイーンは、ジャクメルの文化的お手本を示すよう、行儀作法とスピーチのトレーニングを受けた。この選出方法から閉め出された人たちが反発して、自分たちのクイーン「ラ・レンヌ・デ・ブリガン」つまり「ならず者《ラフィアン》のクイーン」を選んだ。何年ものあいだ、市の裕福なベルエア地区出身の公式クイーンと、下町出身のラフィアン・クイーンのあいだで烈しい争いがくりひろげられた。

いずれのクイーンも事細かに観察された。

「対抗グループが相手方のクイーンに道徳的お手本としてケチをつけることができないときは、その目や、まゆ毛の太さ、唇の厚さや大きさ、笑い方、腰の動きといった些細なことまで調べあげた。それは、人の心を傷つける疑惑を生む……まったく意味のないたたかいだった」ディヴェルスは著書でそう書いている。

でも最近は、山車を出せる人ならだれでも自分のクイーンを選ぶことができるようになった。

　コンテストの出場者が次の質問のためにもどってくる。観衆はすでに自分のお気に入りを選びおえている。リセ・アルシビアード・ポメラックの元生徒だ。最後の質問は、全国カーニヴァルにやってきた客が楽しくすごすために、ジャクメル市民はどうしたらいいか、というもの。

「わたしたちの名高いジャクメル式ホスピタリティでもてなすべきです」パーフェクトな笑顔をくずさずに、一番人気のその娘が答える。彼女はスピーチをしょっちゅう中断しなければならない。なにか一言いうたびに、リセ・アルシビアード・ポメラックの男子学生たちが割れるような拍手を送ってよこすからだ。「ホテルがいっぱいで宿泊場所のない人たちには、自分の家のドアを開け、わたしたちのベッドを提供しようではありませんか」

　観衆がどよめく。そんなことばが口から出てきたことに本人自身がちょっと驚いているようにさえ見える。

　もちろん勝利者は、リセ・アルシビアード・ポメラックの元生徒だ。お手洗いで、ほかの出場者に期待をかけていた女性が不満そうにいう。「この国の選挙とみんなおんなじだわ、これだって八百長よ。あの娘がなにもかも勝ち取るんだから」

　クイーンが選出されてパーティーは続き、頭上には立て続けに花火が打ちあげられる。ジェニファー・ロペスの歌もたっぷり流れる。今度のは英語だ。ジェニファー・ロペスが心を込めて、確信をもって歌っている。「たとえあなたが文無しでも、あたしの愛に《イーヴン イフ ユー ワー ブローク マイ ラヴ ドント》見かえりはいらない《コスト ア シング》」

周期的な儀式は、自然災害に直面した人間が生き延びることを確実にする助けとなるだけでなく、一年のさまざまな局面を無事にやりすごした歓びを表現してもいるのだ。

キャロル・ベックウィズとアンジェラ・フィッシャー

『アフリカの儀式』

カーニヴァルの日

ジャクメルから数マイル離れたティ・ムヤージ海岸に、ゆっくりと夜が明けていく。薄闇の空が白んで灰色になり、やがてさまざまな濃淡をもつ青へと変わるあいだ、海は、昇る太陽に会いにいくようにふくれあがる。海岸には漁をするための丸木舟が数隻もやい、打ち寄せる波に揺れている。今週の海はめずらしく荒れて、漁師たちは沖に出られない。そのため、町のレストランや家庭には新鮮な魚がまったくない。

無理をして舟を出してはならないことを漁師たちは知っているのだ。「四旬節《カレム》」前の海にはよくあることだ、と彼らはいう。無慈悲になり予測不能になる海は、まるで人間に、歓びや楽しみにひたることなど長くは続かないぞ、と思い知らせてやるといわんばかり。

その日の午後遅く、ポルトープランスに支店をおくアメリカン航空の従業員が五人、この時期のこの海岸について土地で語り継がれている危険を知らずにか無視してか、海辺で溺れることになる。

街へ通じる幹線道路を歩いている人たちにとっては、すでに数時間前から一日は始まっているようだ。多くの人が日曜日の晴れ着を着ている。リネンのスーツや皺ひとつなくアイロンをかけたドレスで教会へ向かう人たち。

海に面した山のふもとの道沿いの墓地をわたしは通り抜ける。門の金属板にはこんなことばが書かれている。「おまえが塵埃だということを忘れるな。そしてその塵埃にいずれはもどることも」


サン・フィリップとサン・ジャック大聖堂の信者席は、早朝ミサのため半分ほど埋まっている。オルガンの奏でる音楽と聖歌隊の声が通路に響く。聖体拝領を受けるため一列にならぶ信者たちが至福に輝いて見える。大半が年をとった女性で、毎日やっているように祭壇にむかってゆっくりと歩いていく姿がとても優雅だ。陽が高くなるにつれて、教会の窓のステンドグラスがきらきらと輝き、まばゆい福音像を透して光が射し込んでくる。

教会の外の通りでは人びとがその日の日課に取りかかるところだ。品物を入れた篭や水の入ったバケツを頭にのせて、注意深くバランスをとる女性や少女たち。市場は、ふだんの日には活気づく場所もいまはゴーストタウンのようで、テーブルのうえに鎖が積みあげられたままの空っぽのスタンドがならんでいる。ひとりの少年が自転車で慎重に車の列を縫って横丁へ入っていく。そこでは年配の男性が巨大なプラカード上の、鉛筆書きした文字にペンキを塗っている。「ジャカヤ英語学校」の山車を飾るものだ。

プラカードには「女たちが違いをつける」とある。

文化的な側面は別として、カーニヴァルは広告のベストチャンスでもある。カーニヴァルが通るバランキラ大通りには銀行や電話会社のバナーがずらりとならび、ブランドの文字やロゴよりかなり小さいけれど、だれもが楽しいカーニヴァルを、と書かれている。

バランキラ・カフェテラスの最上階の桟敷はまだ設営中だ。それでも、ながめのいい位置にある高級カフェのひとつ、パン・K＝デットはもう店開きして朝食を出しているし、通りの物売りたちはすごいスピードでパンプキン・スープをプラスチックのボウルに注ぎ分けている。

ディヴェルスとわたしは、カーニヴァル直前のミーティング場所としてパン・K＝デットを選んだ。彼は時間通りには来ていなかったけれど、すぐ行くという伝言が届いていた。

パン・K＝デットのそばを歩きまわる人の群れがどんどんふくれあがっていく。メガフォンを持った警官が運転するピックアップ以外の車両はすでに通行禁止で、警官たちが駐車中の車を移動するようドライバーに忠告している。

大通りを行き交う多くの人たちにとっては、だれかれなく声をかけて、たがいに写真やビデオを撮りあうときの到来だ。ごく自然ななりゆきで人びとが集い、抱きあい、挨拶をしあう。カーニヴァルが通るのを見渡せる個人の家のバルコニーでは、家族や友人がすでに集まり、なにか飲みながら音楽を聴いている。キャンディや煙草を売る女性がひとり、大声で「シレット、シガレット！」と叫びながら足早に歩いていく。その声は、自分が売っている商品をアピールするためのスタッカートの詩だ。サテン地の縁なし帽にドレスの女性が彼女を追いかける。ふたりの男もそのあとに続く。ひとりは白い綿のパンティを顔にかぶり、もうひとりは引き伸ばしたコンドームを頭にかぶって。

ディヴェルスがやってくる。ちょっと緊張しているけれど、すごく興奮している。バンド間の言い争いはほとんど解決した。あとは、数時間後にカーニヴァルのパレードが公式に始まるのを待つばかりで、もう彼にできることはない。

ベルエア地区へ行ってみよう、それとなく彼がいう。そこでは、諸条件を十分考慮して広場のまんなかに備えつけられた巨大なラウドスピーカーから、特設ラジオ局が流す古いカーニヴァルミュージックが大音響を響かせている。市役所近くのカトリック学校が料理フェアを開いていて、この国の地方色豊かな料理がならんでいる。茹でて揚げたトウモロコシ、プランタン、ミレットと米の粉、サトウキビのシロップをかけたマニョックのケーキ、チキンや山羊肉やポークのフリッターとシチュー。

「カーニヴァルってのは食べ物のカーニヴァルってことさ」山羊肉のフリッター（タソ）を売る人がわたしにむかって、いたずらっぽくウィンクしながら笑顔でいう。「あらゆる種類の肉の祭りなのさ」

実際「カーニヴァル carnival」という語は「肉の排除」を意味するラテン語「カルネレウァーリウム carnelevarium」に由来するのだ。聖灰の水曜日の前日にあたる火曜日は「マルディ・グラ」とか「ファット・チューズデイ」といわれて、肥え太らせた牡牛が街の通りをパレードする日として知られている。

ピーター・メイスンはその著書『バッカナル！』のなかで、カーニヴァルのことを「キリスト教徒が四旬節の摂食に入る前に、食べたり飲んだりして楽しみながら、旧い異教徒的な方法で快楽にひたるラストチャンス」と書いている。「四旬節になったら彼らは肉を食べることをやめ、肉の罪をあきらめねばならなかったからだ」と。カーニヴァルはまた、冬が終わって春が訪れる季節の変わり目を知る方法でもある。ハイチにははっきりとした季節の変化がないため、クリスマスとイースターのあいだの移行期にあたるカーニヴァルが、その変動のサインになっているのだ。

子どものころわたしがカーニヴァルの時期をすごしたハイチの田舎では、カーニヴァルがときどき植えつけの時期と重なることがあって、男たちが寄り合い集団になってたがいの畑で農作業をしたものだ。つるはしや鍬を振りあげ振りおろすたびに、彼らはリズムをとるための歌を歌う。前と後ろに声をかけあうところは、一本の鎖につながれた囚人たちが歌うゴスペル・コーラスそっくり。曲は、そのときの仕事のペースに合わせて、元気はつらつのときもあれば悲しい調子のときもあった。男たちが畑で働いているあいだ、女や子どもは水を汲み、家畜の世話をし、その日の最後にだれもが待ちわびる、手の込んだ食事のしたくのためにさまざまな仕事をした。干したトウモロコシをすり鉢とすりこぎで挽きつぶし、ココナッツの実のかたまりからグレイターを使って汁を集めながら、女たちは女たちで歌を歌う。これもまたそのときの労働の密度によってさまざま。

その日ジャクメルでおこなわれるカーニヴァルのパレードには、農民の衣装を着た、少なくとも三世代にわたる参加者が出場することになっている。このグループのリーダーはナツメヤシを持った上半身裸の若者で、その身体を緑色に塗っているはずだ。若者に寄り添うのは、デニムのシャツを着て麦わら帽子をかぶり、首に赤いスカーフを巻いた老人。この老人は農業の守護霊アザカをあらわしていて、若者はその喜ばしい従者というわけだ。ふたりの男は指揮者がアンサンブルを指揮するみたいにラトルを大きく振って、さまざまな農民のダンスを披露する。このグループのメンバーの大半が、顔を鮮やかな赤、青、黄、緑に塗り分けているはず。まるで極彩色のキルトみたいに。年配者は男も女も麦わら帽子をかぶり、若者たちは植物を満載した手押し車を押し、少女たちはスパイスやハーブの入った篭を持つ。そのひとつが聖母マリアの冠の花にそっくり。

そのグループの、呼びかけとそれに呼応する歌声が見物客に、木を植えよう、とさそいながら農業改革を訴えて、カーニヴァルを一瞬、得意満面のプロテストに変える。でも、中心になるのはあくまで音楽だ。笛、ドラム、グレイター、コンク貝、フルート、ラトルを鳴らしてそれに歌が加わるところは、畑での共同作業のあとに演じた夕べの祭りそのまま、疲れた身体を鼓舞して夜遅くまで踊り明かすところまでそっくりだ。

ベルエア地区の料理フェアで若い植物学者に出会う。彼は、墓地に生えている聖母マリアの冠の花は、おそらくブドウ科の植物、アメリカヅタだろうと教えてくれる。クレオール語で「ヤム・プル（鶏のつる）」という名の（彼がいうには鶏が喜んでついばむからそう呼ばれるそうだが）このつる植物は、一日の厳しい畑仕事でできた皮膚の炎症を鎮める薬草としても使える。

カーニヴァルが続くあいだ、そのほかの生はいっさいなくなる。カーニヴァルのあいだ、生はその法則だけに従うものとなる。カーニヴァル自体がもつ自由という法則に。

ミハイル・バフチン
『ラブレーとその世界』

生と死のカーニヴァル

わたしの宿泊先は、パレードの出発地点「リベルテ大通り」にある小さな二階建てのアパートだ。最後の仕事に立ち会わねばならないディヴェルスと別れて、わたしはパレードに参加する面々が集まるのを観察しようと、宿の正面ベランダへもどる。

午前九時には、数人の参加者と熱心な観衆が早々とリベルテ大通りに集まりはじめた。扮装した参加者たちが到着するにつれて、その光景がだんだん超現実的な雰囲気を帯びてくる。ゾンビとサルが挨拶を交わし、白人植民者とアラワク・インディアンがたがいにキスをし、ライオンと赤ん坊のワニがジュースのビンをまわし飲みして、奴隷がゴーストや悪魔と握手している。みんな、毎年わずかな変化を加えながら、かならず出場してきたお決まりのレパートリーだ。

　白と黒のストライプのオーバーロールを着たシマウマ頭の男性が教えてくれる。毎年決まったこういう出し物がなければ「カーニヴァルはおなじじゃなくなる。俺たちはカーニヴァルが毎年扱うものをやる、そうすれば、まだ歩けない小さな子どもでも、カーニヴァルでその子のじいさんばあさんが見たのとおなじものを見たっていえるようになるからさ」

「カーニヴァルってのはリニューアルなのよ」それに唱和するようにして、乾燥して茶色くなったバナナの葉をつけた女性がいう。「毎年カーニヴァルが来るたびに、みんな自分の誕生日みたいに思うのね。ああ、またやってきた。また一年生き延びて、こうしてカーニヴァルが見られるんだって」

　さらにカーニヴァルは、モラルを訴える劇としてなにかを主張し、メッセージを伝えるチャンスにもなる。今年の際立ったメッセージは、どうやらエイズがテーマらしい。

　わたしはベランダを離れて、暗色のかつらをかぶり短い黒のドレスを着た、痩せてガリガリの男性を追跡する。ドレスの背中には「ＳＩＤＡ（エイズ）」と描かれている。

リベルテ大通りを行ったり来たりしながら彼はドレスの裾をめくりあげて、赤い染みのついた白いパンティを見せつける。彼が立ち止まって見物客にむかってうなると、黒インクで染めた歯が剝き出しになる。カーニヴァルのパレードのあいだ、この独り芝居は大きな笑い声と悲しいうめき声を引き出すことになるのだろう。

「あれはエイズだ」人びとが指差していうのだ。

彼が要人たち――そこには大勢のカーニヴァル・クイーンや、地元のお偉方、合州国大使も含まれるはず――の席に近づくと、カーニヴァルの解説者で祭りの司会役をつとめるミシェル・クラーンが蜂蜜色の額をハンカチでぬぐい、マイクをもう一方の手に持ち替えて、群衆に彼を紹介する前にうめくような声をあげるのだ。

「みなさん」彼女がドラマチックな声で宣言する。「ジャクメルのカーニヴァルには本当にいろんなものが登場します」そしてその男に近くに来るよう合図してこういう。

「みなさん、この人はエイズをあらわしています。エイズさん、あなたがどれほど醜いか、みなさんに見せてあげて。どれほど破壊的になれるか、どれほど多くの人を殺すことができるか、見せてあげて」

男は真っ赤に塗った唇をとがらせ、群衆にむかっておどすようなキスを投げる。黒い歯をギシギシいわせながらうなり、群衆が注視するなかで、骨張った腕に力こぶをつくって見せるのだ。

エイズのメッセージを訴える出場者はこの男性だけではない。地元の保健団体からやってきた若者たちがつくる大きなグループでは、ふたりの仲間が「エイズについて沈黙を破ろう」と書かれたバナーを掲げているあいだに、ジーンズにTシャツだけの人や仮面などまったくつけない人たちが、群衆のなかに入ってコンドームを配って歩くことになっている。

小規模なグループは「カーニヴァルは数日の楽しみ——コンドームをつければ、楽しみは永遠に続く」と書かれたプラカードを掲げる。この部隊がエイズのシンボルとするのは、腰をロープで縛られたゴーストだ。ゴーストが観客のひとりに近寄ろうとするたびに、腰のロープを握る若者がそれを強く引っ張って連れもどす。このグループでは、エイズは手にハンマーと十字架を持ち、弔いの鐘を打ち鳴らす骸骨として表現される。

エイズは、ハイチ人にとっては心痛む複雑な問題だ。一九七〇年代後半から八〇年代初頭にかけてこの問題が表面化したとき、ハイチ人の感染率は六パーセントにすぎなかった。にもかかわらず、この病気はわたしたちハイチ人に由来するとレッテルを貼られたのだ。長年ハイチで仕事をしてきた医師のポール・ファーマーはその著書『エイズと告発／ハイチと非難の地理学』のなかでこう述べた。「エイズがハイチからやってきたとする医学界の、根拠の希薄な主張は、多くの人びとによってまたたくまに完璧なまでに受け入れられた」こんな考えが出てくるのは、たえまなく続く政治不安のせいもあるけれど、一九八〇年代以前の観光ブームがすっかり終わってしまったせいだと多くの人が思っている。あの観光ブームは、マイルス・デイヴィス、エロル・フリン、エヴァ・ガードナー、アーヴィン・ベルリン、ミック・ジャガーをこの島に連れてきた。のちに医学的発見によって、エイズ感染を引き起こすハイリスク行為に、ハイチ人がより多く関わっているわけではないと判明したとはいえ、いったん捺《お》された烙印は残った。つい最近も、テリー・マクミランの小説『ステラが恋に落ちて』を原作とする一九九八年の映画のなかに堂々とそれが出てくる。ジャマイカの休暇から帰ってきたばかりのアンジエラ・バセット演じる主人公が、姉妹のひとりからこういわれるのだ。「あなたがコンドームを使ったことを祈るわ。だって、あそこの人たちにはエイズの歴史があるんだから」それに答える保健のプロの、もうひとりの姉妹が「それをいうならハイチよ」と断言するのだ。

ハイチ人は、世界中からエイズのことで名指しで受ける非難への対応と、自国で猛威をふるうエイズそのものとの格闘、という二重の課題を背負ってきた。カーニヴァルでは、エイズをグロテスクな装いで擬人化する黒いドレスの男性がみんなにむかって、そう、ここにもエイズはあるんだ、と語りかけてはいるけれど、一方でバナーを掲げる若者たちが、エイズは自分たちだけに限ったことではないともいっているのだ。

公式パレードは正午になったらすぐに出発する。まずは、色とりどりの衣装に巨大な張り子の仮面をつけて、その種を生き生きと表現した動物たち。ライオン、アリゲーター、シマウマ、サル、キリン、カエル、クロコダイル、フラミンゴ、オウム、ウマ、サイ、ゾウ、ヘビ、ドラゴン、恐竜、ウサギ、実験室で突然変異したミュータントのような黄色い目をしたネズミまでいる。

リベルテ大通りに沿って、この動物の仮面集団を追いかけてバランキラ大通りに向かう途中、わたしは狩猟採集民だったころのわれらが祖先が最初にかぶった仮面のことを考える。それは殺された動物の、中身がくり抜かれた頭だった。

動物の仮面は「人間にとって最初にしてしごく理にかなったイメージであり、偽装だった。彼らにとって動物世界はもっとも切迫したものだったからだ」演劇史家のウォルター・ソレルは『もうひとつの顔／芸術のなかの顔』でそう書いた。「仮面よりボディペイントが先だったのは間違いない。それは人間の装飾感覚を最初に具体化するものだったからである」と。

この装飾感覚が極端に強調された、ジャクメルの色鮮やかな張り子の動物たちは、事実上、巡回して歩く彫刻といってもいい。油断ない目つきで険しい顔をした大人の動物からあどけない表情の子どもの動物まで、じつにさまざまな顔つきが見られる。彼らに混じって歩いていると、いろんな意味で、サーカスのなかを歩いているような、あるいは、パントマイムのグループを間近に見ているような気がしてくる。コスチュームを着た大人も子どもも、個々の動物の足取りや動きをそっくりまねようといっしょうけんめいだ。ときどき動物どうしでやりあったりもするけれど、たいていはよく見えるようにと横向きにじりじり進みながら観衆を巻き込もうとする。

ジャクメルのカーニヴァルでいちばん有名なのはこの張り子の仮面だ。動物であれ、世界の有名人であれ、ときの地元政治家であれ、パレードのなかでいちばん人びとの記憶に残るのはこの仮面なのだ。ジャクメル住民は自分たちの仮面がどのカーニヴァルより、どんな金持ちの国のものより図抜けて秀でていると得意気に話す。そしてそれは正しい。遊び心に満ちて、しかも儀式性の強いこの仮面は、ハイチ絵画から飛び出してきたものらしい。旧い時代の荒々しいハイチを描く絵画。そこに描かれた緑豊かな森とジャングルは、この島特有の動物やここにはいない種の住処として、そのすべてが生きた寓話を形成している。いわばノアの箱舟の怪物版、現在からはるか遠い過去へのシンボリックな旅なのだ。

カーニヴァルに出てくる動物のなかで、いちばんの人気者はマトゥランのようだ。いくつかのグループにさまざまな形であらわれる、角の生えたコウモリみたいな怪獣。ときどき立ち止まってはその大きな木製の翼をばたつかせて、近くの人をおどかす。言い伝えによれば、このコスチュームの名はそれをつくった若いジャクメル市民のデザイナー、マトゥラン・グッスから取られたものだとか。初めて彼がそのコスチュームで仮装舞踏会にあらわれたときは、土地の警官にあやうく撃ち殺されるところだった。警官は彼のことを本物の悪魔だと思ったのだ。

マトゥランのいちばん大きな集団は、ドラゴンを退治する大天使聖ミカエルの扮装をした男性のまわりにいるはずだ。善と悪のたたかいを模倣して、マトゥランたちはその翼で聖ミカエルと取り巻きの天使たちを打ちすえる。一方の聖ミカエルはそれを黄金の剣で切りかえす。

最近のハイチでは、これまで主流だったカトリック教会よりも大きく支持基盤を広げたプロテスタント教会が、カーニヴァルにも姿を見せる。白い服を着た男女や子どもが大声で賛美歌を歌ってあるくのだ。彼らもまたマトゥランの挑発を受けるけれど、こちらはそれを完全に無視して行進を続ける。

マトゥランの後ろを追いかけるのが「さまよえるユダヤ人《ジュイフ エラント》」と呼ばれる謎めいた人物だ。これみよがしに真っ白な長いあご髭と、これまた白い髪に口髭を生やしている。裾がボロボロになった古い上着に薄汚れた白いエプロン、そしてふくらんだズボンがなければ、この「さまよえるユダヤ人」はいとも簡単にサンタクロースに間違えられそうだ。

ハイチ人のなかには、政治訴追や経済不安を理由にハイチから広く世界に散った移民について コメントするとき、その窮状をさまよえるユダヤ人の状況やほかの放浪者たちになぞらえる人がいる。

一般に、カーニヴァルに登場するこの人物は、十字架を背負ってカルバリの丘を登るキリストから、宿の階段でしばしの休息を求められてそれを断った宿の主人だといわれている。そのため宿主は不死の呪いを受け、最後の審判が下ってキリストが再臨するまで地上をさまよう責めを負ったのだとか。

エリザベス・マッカリスターはその著書『ララ！ ハイチとそのディアスポラにおけるヴードゥー、パワー、そしてパフォーマンス』のなかで、カーニヴァルに「さまよえるユダヤ人」があらわれるのは、明確な「反ユダヤ主義（あるいは反セミティズム）」を意味するわけではない……〈ユダヤ人〉はヨーロッパの〈他者〉の源泉というレッテルを貼られ、最初に打たれる釘、真っ先に周縁化される対象として、キリスト教世界の悪霊とされたのである。ヨーロッパがユダヤ人を悪霊と見なしたこのことが、新世界《アメリカス》における先住民やアフリカ人との遭遇に対する神話的な複写となったのだ」と論じている。

まるでこの関係の両義性を強調するかのように、パレードにあらわれる「さまよえるユダヤ人」のそばには、彼を保護するとも逮捕したとも取れる軍服姿のふたりの男がつき添っている。

午後三時ころ、パレードは最高潮に達する。列をつくってバランキラ大通りを進むいくつかのグループを追ってわたしも移動する。アラワク人、奴隷と植民者、ゾンビとシャロスカ、ゴースト、エイズ啓発のグループ、そして農民たち。テニスシューズをはいたラバはいるだろうか、カーニヴァルでただひとりのキングもいるだろうか。金色の縁取りをした白い礼服に金色の紙の冠をかぶり、栗毛の馬に乗ったハンサムな若者だ。反抗してオリンポス山から追放された者を装うそのカーニヴァル・キングがギリシア・ローマ神話起源だと気づいたのか、ひとりの女性が、そのキングが本当は「ディアスポラ」――海外に移住したハイチ人――で、パレードの公式名簿には載っていないと大声でいう。

キングを野次っているその女性が笛を吹き鳴らし、近くの、牛皮をかぶったヤーウェをたたく杖を渡してよこす。でもわたしは、なかの人間を傷つけるのがいやなので受け取らない。その代わり、パステルカラーの裾割れスーツを着た男たちのほうへ行く。観光客をずっと気にしてきたこの都市の、古い宿屋の主人をあらわすグループだ。時代が二十世紀に移るころ、船はここからニューヨーク州ロングアイランドへ航行していた。英国王立郵便はここに停泊したのだ。そしていまはクルーズ船の受け入れエリアを含む新港が建設されている。宿主たちはふたたび、この町の第一級市民になるかもしれない。

マックス・パワーが演じる世界の有名人のところで、わたしはガンジーやネルソン・マンデラと握手して、チェ・ゲバラといっしょに写真を撮る。あまり近寄らないように気をつけた唯一のグループは、角と蹄《ひづめ》をつけ、サトウキビのシロップに煤《すす》や炭の粉を混ぜて裸の上半身に塗っている男たちだ。「ランスール・ド・コルド（ロープの速駆け）」といわれる彼らは、一本のロープの内側で身を寄せあっているかと思うと、いきなり駆け出して、身体についたべたつく灰をカーニヴァルの観客にこすりつけようとする。

近隣の諸島でマルディ・グラの前日早朝にやる「ジュヴェール」とか「ダーティ・マス」という行列を思わせる、わざと身を黒くしたこのディオニュソスたちは、身体が汚れないように彼らから逃げたり身を寄せあったりする子どもや大人の観客とかくれんぼをしているようにも見える。速駆けのあいまに腕立て伏せをやるランスールたちとちがって、トレーニングをしていないわたしはちょっと走っただけで息が切れてしまう。

腹と背中にぼろ布を詰めた緑色のレオタード姿の小さな少年「蛙《クラポ》」と、そのまわりを人びとが囲む、やや小さなグループのほうへ行ってみる。少年は二本のポールのうえで踊っている。烈しいドラムビートのリズムに乗って腰をくねくねまわしながら、高い横木のうえで綱渡りをやって見せる。ディヴェルスによると、このクラポの見せ物は、とにかく観客を笑わせたいと思った若者たちがやりはじめたのだとか。クラポの小柄な身体がおおげさな動きを見せるたびにドッと笑いが起きる。その反応に勢いづいた少年がもっとハードなことをやろうとする。ポールを支える者たちが「尻なし蛙、どうやって踊る?」と歌っているあいだに両腕と両脚を逆方向に回転させるのだ。

午後もなかばに差しかかるころには、ほとんどの見物客たちが舗道を離れてパレードに加わるようになる。わたしは公式観覧席へ向かう。そこでは出し物が、クイーンや政治家たち来賓にひとつひとつ紹介されるのだ。行ってみると、米国大使がカーニヴァルの司会者でこの催し物の総監督をつとめるミシェル・クラーンといっしょにくるっとスピンしているではないか。近くのラウドスピーカーから元気よく流れるカーニヴァルソングに合わせて、いっしょに踊っているのだ。多くのカーニヴァルソング同様、その歌もプロテスト曲、ギリシア演劇でいう合唱歌《パラバシス》だ。

「俺たちはUSドルにこの国を売りわたしてる」とコーラスが歌っている。

音があまり大きすぎて、クラーンも米国大使も歌詞の意味にはまったく気づいていないようだ。

正面の列を埋めているいろんなカーニヴァル・クイーンたちが、席についたまま身体を揺すり出す。曲が終わってもまだ頭を上下に動かしている。

そのころまでには、独自のライブバンドや録音した音楽を積み込んだ大きな山車もちらほら姿を見せるようになる。ジャカヤ英語学校からスタートした山車では、クイーンが観衆にむかって白いレースのハンケチを振りながら、ポールのまわりで腰をまわして踊っている。

マックス・パワーがふたつの大きな山車で、これで二度目の登場だ。山車のひとつはマスト、方向探知機、アンテナを装備した合州国沿岸警備隊のカッター型帆船のレプリカ。メインデッキに乗っているのは沿岸警備隊員の衣装を着た男たちで、大きすぎる仮面のせいで首から下が小人みたいに見える。沿岸警備隊の顔の色は多文化主義を反映して、黒、白、茶色だ。国際水域をパトロールする各「隊員」が張りぼての銃を持ち、仮面をかぶった顔を右へ左へと動かしているところを見ると、どうやら非常警備体制に入ったようだ。

沿岸警備隊の模擬船の後ろから、デッキにぎっしりと難民を積んだ小さな木造の舟が続く。その舟の横では、ダンボールを切り抜いた鮫がズズッと前後に移動しながら、怖がる通行人を威嚇する。ぎゅう詰めになって徒歩で前進する観衆の動きが、これといった努力などしなくても外海の高波そのものに見える。

観覧席の正面でふたつの船が接近して、沿岸警備隊の隊員が小舟に乗り移り、難民を甲板から群衆のなかに突き落とす。群衆にすっかり紛れてしまったわたしは、米国大使の姿を見失ってしまった。大使はどう思っているかしら、まだ観覧席にいるのかしら、そんな考えが脳裏から離れない。

マックス・パワーが演じているのは、多くのハイチ人が知り抜いている危機、合州国の沿岸警備隊が海上でやる難民の封じ込めだ。アムネスティ・インターナショナルによると、一九九一年、アリスティド大統領が一期目のさなかにクーデターでその座を追われてから、三万八千人のハイチ人が公海へ出て、五百マイルの荒波を渡ってマイアミを目指したという。もちろん、そのうち収容所に受け入れられたのは五パーセントにも満たず、残りは本国に送還された。あれから今日までに何千という人たちが海で死んだ。彼らの乗った舟は海に沈むか、ハイチとマイアミのあいだのどこかに消えてしまったのだ。

お祭り騒ぎのなかで災禍の場面を演じることは、それを「楽しい見せ物に変形し、リニューアルすることで」、実際の悲劇に対する恐怖心からわたしたちを解放する、そうバフチンは書いた。マックス・パワーの山車は新たな政治的プロテストではあるけれど、ひとつの教訓物語でもあり、と同時に、より良い生活を夢見ながら海で死んだ人たちへの供花でもあるのだ。

マックス・パワーのすごいヒットと競いあうのは巨大な蝶くらいのものだ。金色と緑色のダンボールでつくったすばらしい張り子の蝶は、見栄えがするだけでなく、びっくりするような機械仕掛けだ。あまりの高さに、パレードが通るときは通路の電線を引きあげなければならないほど。ボートピープルのあとの気分転換として、蝶は希望のシンボルに見える。悲劇のあとには美しいものがやってくる、苦しみのあとには輝かしさが訪れる、というサインだ。

マックス・パワーと蝶が通りすぎると、パレードの行列は解き放たれたようなダンスとなって俄然、勢いづく。ディヴェルスは正しかった。バランキラ大通りとその近くの通りには、スペースをもとめて争う何千という人びとがひしめいている。

リラックスバンドの鮮やかなオレンジ色の山車のあとから、わたしも大勢の人波に跳び込むと、ゆっくりと進む群衆にすっぽり包まれて抱きしめられた気分になる。だれもが、まるでわたしたちの頭上で踊る見えない精霊に触れようとするかのように、両手を高くあげて上下に跳びはねている。

バフチンによれば、カーニヴァルのことを書いたもっとも古い表現のひとつは、ある司祭が想像した地獄の秘教的ヴィジョンだという。このヴィジョンのなかでその司祭が見たのは「野獣の皮を着て」さびれた通りを彼にむかって歩いてくる大勢の群衆だった。群衆のあとからは棺をかつぎ篭を持った男たちが続いた。「その次に来たのは馬に乗った大勢の女たちだ」と彼は書いた。「馬のサドルには真っ赤に焼けた釘が打たれ、馬に乗ると女たちはそのうえに腰かけることになった。最後に来たのが炎に包まれた聖職者と兵士たち。行進に加わっているのはすべて罪深き死者たちの魂……みずからの罪について詳述する、煉獄からの移住者たちだ」

人に伝染しやすいこの浮かれ気分に、もうわたしもさからえない。いまやその女たちのひとりと化したわたしは、全身をちくちく刺す真っ赤に焼けた釘の感覚を怖いけれど愛してもいて、刺される傷みを少しでもやわらげるためにひたすら踊るしかない。わたしは炎に包まれた聖職者と兵士たちのなかにいる。放浪という煉獄から帰ってきた移住者のひとりとなって、冷たさとハイチから遠く離れてしまった罪を「詳述」しながら行進しているのだ。

とうとう、わたしの身体はより大きな存在のなかの、ちっぽけな片鱗になってしまった。集団憑依の一部、大きな歓喜の流れの一部になったのだ。まるでメイポールのまわりをくるくるまわっているみたい、それがどんどん速くなっていく、もう止まらない。頭がクラクラする、でも、気にしない。わたしの身体にぶつかる他人の身体の曲線についていくこと以外、もうどうでもいい。そのわずかな空間と瞬間に、カーニヴァルは、わたしが欲しくてたまらなかった、理屈に合わないすべてのものをあたえてくれるのだから。無名性と、歓喜に酔いしれるコミュニティと、そこに帰属しているということを。

もっとカーニヴァルの日にふさわしい、派手な衣装を着てくればよかった、ジーンズとTシャツに麦わら帽子じゃなくて、いまではそう思う。群衆のなかで跳びあがった瞬間、その麦わら帽子がわたしの頭から脱げて首筋を滑り落ちる。振り向いて探す余裕なんかない。地面に落ちたのかどうかさえはっきりしない。だれかほかの人の頭に飛び移っただけなのかもしれない。

突然、空が曇って雨が降り出す。ハイチで雨が降るのに外に出ていることなど、ここ数年なかったことだ。小さいころは雨が降ればかならず、従姉といっしょに——山中にいようと都会にいようと——外に出て雨に打たれたものだ。この屋外シャワーを利用して石けんで身体を洗ったこともある。雨の滴が皮膚にあたるのをただ楽しんだことも。

雨はほんの数分しか続かないのに、人の数がガクンと減ってしまう。それを機にわたしはリラックスバンドを離れて、もう少し小さなグループに加わる。山車もスピーカーもなく、笛、グレイター、バンブーフルートなど手近な楽器を持った「徒歩バンド《バンアピエ》」だ。

あたりはもう暗くなっている。何時間も歩いたので、一休みしようと決める。人波をかき分けてカフェテラスへもどる。そこではロドニーとその友人たちが集まって二階席からカーニヴァルを見ていた。

ジャクメルにふたつあるメジャーバンドのひとつ、「レ・ザンヴァンシブル（不屈の者たち）」が姿をあらわした。その山車を歓迎して、頭上で花火が炸裂する。

「俺たちはもどってきたよ」と彼らは歌う。スピーカーからは大きな音で、リードシンガーのしゃがれ声といっしょに、泣き叫ぶようなギターと、ハミングするキーボードと、バズするドラムが聞こえてくる。

幸運なことに、カフェテラスはこのグループのスポンサーなので、レ・ザンヴァンシブルがカフェの正面で止まって、テラスの客たちのために歌ってくれる。

このグループの強みは観衆と深く結びついていることらしい。シンガーが歌う前に、あたりから観衆を巻き込むコーラス部分の歌詞が聞こえてくる。観衆とグループには、こんなふうに共有してきた歴史があるのだ。

「さあみんなのバンドがやってきたよ、みんなのお気に入りバンドだ」とリードシンガーがアドリブで歌う。「みんなのために、俺たちはもどってきたんだ」

テラス前での演奏が終わると、大勢の観衆がまた集まってレ・ザンヴァンシブルの山車を前へ押し出そうとする。そのエネルギーだけで、レ・ザンヴァンシブルのレパートリーからリクエストを引き出せると思えたくらいだけれど、どうやらそうはいかないらしい。

話によると、バンドが演奏を中止するのは、乗っているトラックのガソリンが切れたときか、電気楽器の電源となる発電機の燃料が切れたときだけだとか。レ・ザンヴァンシブルのリードシンガーが観衆にむかって、オールナイトで演奏できるよう燃料を確保すると約束する。

レ・ザンヴァンシブルがカフェから離れていくと、そのあとを追って観衆も移動し、バランキラ大通りを進んでいく。わたしは宿のあるリベルテ大通りまで引きかえす。そこでは、レ・ザンヴァンシブルと烈しいライバル争いをする「ジュヴァンソー」――以前、火事の巻き添えになったグループ――が後ろに熱狂的なファンの一群を引き連れて、いざ出発、と体勢を整えている。

滞在中のアパートの階下に住む女性、エドリンが通りにいるわたしを見つけて声をかけてくる。四十代の住み込み家政婦の彼女から、ジュヴァンソーを見てくるあいだ、四歳のファビ――彼女が名付け親になった娘――を見ていてくれないかと頼まれる。一日中家のなかにいたので、カーニヴァルを全然見られなかったというのだ。ファビのベビーシッターを引き受ければ、ひょっとするとその夜はずっと外出できなくなるかもしれないけれど、エドリンの顔つきがあんまり切羽詰まっているので、わたしはつい、イエスといってしまう。それでも、ファビはお代母《ばあ》ちゃんがいっしょじゃないとご機嫌ななめで、エドリンがいそいそと外出しようとするのを見て泣き出してしまう。

子守りを引き受けようかどうしようか、やっぱり考え直そうかと思いながらも、わたしはファビに、そしてたぶん自分自身に、家の前のベランダに座ればそこからまた別のカーニヴァルが見られるわよ、といいきかせる。まだ家に帰ってこない子どもたちを探しまわるお父さんやお母さんのカーニヴァルとか、その日観衆にもまれてバラバラになってしまった友達がもう一度集まるカーニヴァルとか、一部分だけになってしまったコスチュームを着て家路につく人たちのカーニヴァルなんかが見られるからね、と。

そんな話には全然のってこないファビがどうにか泣きやんで、その夜はカーニヴァルに出かけることはもうないとしぶしぶあきらめる。

ファビとわたしはしばらく家の前のベランダに座って、レ・ザンヴァンシブルに追いつこうとする人たちや、ジュヴァンソーに加わろうとする人の流れを見ている。ロドニーがあらわれたので、ファビを連れてそのブロックを行ったところのレストランへ食事に出かける。レストランで世界的に名の知れたバンド「タブー・コンボ」のメンバーを見かける。カーニヴァルのようすを見に来たのだ。ウェイトレスの注意がもっぱら彼らに集中してしまい、わたしたちが頼んだフライド・プランタンが来るころには、ファビはわたしの腕のなかでぐっすり寝入っていた。

ロドニーとわたしが食べていると、あちこちから音楽が聞こえてくる。レストランのラウドスピーカーからはスペインの古いボレロが聞こえ、通りでは間に合わせの徒歩《バンアピエ》バンドが通りにくり出そうとし、店の前のベランダでは若者たちがラジカセでハイチ風ヒップポップを聴いていて、遠くからは交差点に差しかかったレ・ザンヴァンシブルとジュヴァンソーが、避けて通れない音楽上の最終対決へなだれ込む不協和音が響いてくる。

家に帰るころにはファビのお代母《ばあ》さんももどっている。

楽しかった？　とわたしはきく。

彼女は満面に笑みを浮かべて大きくうなずく。

眠っている、いや、夢を見ているファビを引き渡しながら、わたしはその夜さらなる出会いをもとめてカーニヴァルの現場に出かけていくのをあきらめる。心中、夜はおじさんが警告していたタイプのカーニヴァルに遭遇するのではないか、という不安をまだ引きずっているのだ。人を聾唖にするようなカーニヴァル。殴打や刺殺のカーニヴァル、見知らぬ好色漢に力ずくでスポンジのように圧しつぶされるカーニヴァル。

部屋にもどって寝じたくをしながら、少女時代には、ごった返しのパーティーだから良いことより害のほうが多いと思っていたカーニヴァルのイメージについて考える。子どもながらに不思議でならなかったのは、そういうことが自分の身に一度も起きなかったこと、自分がすでにカーニヴァルの一部だったこと、いつもカーニヴァルに囲まれていたことだ。カミーユ・サン＝サーンスみたいに――彼はカーニヴァルに行かせてもらえなかったから組曲「動物の謝肉祭」を作曲した――わたしはその日を自分だけの特別のカーニヴァルにした。でもそのとき、自分でも気づかなかったのは、断片的で部分的ではあったけれど以前にもこんなふうにすごした日があったということだ。山のなかですごしたカーニヴァルは今日わたしが目にしたものとそれほど変わらなかった。ポルトープランスのおじさんの家の前の階段から、ちらりちらりとかいま見たカーニヴァルだってそんなに違わない。あれもまた生を、コミュニティを、帰属していることを祝うものので、楽しみなんてないと思われている国の歓喜と美の爆発だったのだ。

ベッドにもぐり込んでもまだあちこちから大音響の音楽が聞こえてくる。うとうとしながら、幼いファビの夢をわたしも見たいなと思う。彼女の頭のなかのカーニヴァルを訪ねて、今日一日の短い探検からひろい集めた面白いスクラップを観察し、彼女だけのカーニヴァルのなかに溶け込んでみたい、と。

わたしは恵まれていると思った。ふたつのカーニヴァルを味わうことができたのだから。自分の想像力によるカーニヴァルと、今日わたしがその一部になったカーニヴァルだ。それはみんなで分かちあう夢のような、何千という人たちと共有する、パブリックな不思議の国というカーニヴァルだった。

数時間後の朝の三時、突然大声で叫ぶような歌声にびっくりして目が覚める。それから死んだような沈黙があり、やがてラウドスピーカーから叫び声が聞こえてくる。レ・ザンヴァンシブルのリードシンガーのかすれ声のようだ。午後から夜中まで歌いっぱなしで、ちょっと低くて深い声になっている。

「ガス欠だ」とその声が宣言する。「パーティーはこれで終わりだな」

彼の声を本当に聞いたのか、想像しただけなのか、はっきりとはわからない。でも、いきなりまた静かになって、カーニヴァルが夜にふたたび、いつもの、ゆったりとした静寂のマントを着せかける。

わたしは眠りにもどって、自分の夢のなかに帰っていく。それは、いままでは夢というよりも思い出の寄せ集めだ。すでに遠い一日にわたしが見て体験したことのすべてが、数珠《じゅず》つなぎになって心のなかを滑っていく。

ダンスのあとはドラムが重い

ハイチのことわざ

次の日

次の朝、ジャクメルはまた静けさとゆったりしたリズムにもどっている。わたしは広場でディヴェルスと会い、最後のおしゃべりをする。腫れぼったい目をしているけれど、ふたりとも気分はまっさらだ。ディヴェルスはほっと安堵して、満足している。全国カーニヴァルは成功だった、と彼。不平をいう人もほとんどいなかった。病院と警察をチェックした。多少の乱闘はあった。怪我人も数人出たが、ひどい怪我ではなかった。

「じゃ、今日はドラムが重い?」わたしがきく。

「いや、それほどじゃない」

彼にとっては、その前のほうが重かったのかもしれない。

ディヴェルスにさよならをいったあと、ロドニーとベルエア地区の小さなレストランで待ちあわせてランチを食べる。カフェテリア風のテーブルのひとつにテレビが置いてあり、前日のカーニヴァルのシーンを映し出している。

客たちが食事をしながらテレビを観て、いろいろコメントしている。仮面やコスチュームをほめたり、音楽をほめたり。ディヴェルスが心配していた辛辣な批判のことばは聞こえてこない。

食事が半分ほど進んだころ、テレビスクリーンに映し出された自分の姿がちらりと見える。わたしは手に楽器を抱えた小バンドのなかにいて、みんなでポップソングを歌っている。町とジャクメルの谷をつなぐ路上で、帽子をなくした人のことを歌った歌だ。「ぼくはジャクメルの町を出る」そんな歌詞で歌は始まる。「谷へ行くために。ベネの十字路に着いたころ、ぼくのパナマ帽が落ちてしまった。ぼくのパナマ帽が落ちてしまった。ぼくのパナマ帽が落ちてしまった。ぼくのうしろからやってきた人が、ぼくのために拾ってくれた」

これは子どものころ、ジャクメルに来たことがないころから、わたしの大好きな歌だった。こうしていまテレビスクリーンに映し出された自分が、その歌を歌いながら、頭をのけぞらせ、知らない人たちに両腕をもたせかけているのを観ていると、自分が分離してしまったような奇妙な感覚に襲われる。あれは本当にわたしなんだろうか？　あんなにのびのびと、あんなに生き生きと、あんなに自由なわたしが。

とにもかくにも、これは実際に起きたことなのだ。わたしは本当にあそこにいたのだから。ほかの人は仮面をつけていたのに、わたしはたった一日の午後ではあったけれど、自分自身に仮面を脱ぐことを許したのだった。

訳者あとがき

あらためてアメリカの地図をながめてみる。いや、アメリカス（南北アメリカ）の地図をながめてみる、といったほうがいいか。

北米大陸と南米大陸をつなぐ、やや細長い部分の右側にならぶ島々、これがカリブ海諸島だ。合州国東南端から南へのびるフロリダ半島の真下に、横に細長く広がるのが、数年前にブエナ・ビスタ・ソシアル・クラブの大ヒットで一躍脚光をあびたキューバ、その右隣が本書の舞台となるイスパニョーラ島。地図には島の中央から少し左寄りに、太い縦線がくっきりと引かれている。西のハイチと東のドミニカ共和国を二分する国境線だ。

キューバの右下はボブ・マーリーのレゲエで有名なジャマイカ、ドミニカ共和国の右隣にはサルサで名高いプエルトリコの島々がならんでいる。これらの島が大アンティル諸島。プエルトリコから大西洋にむかって弧を描きながら、小さな島が南のベネズエラ北東部の海岸まで点々と続く。これが小アンティル諸島だ。

島々にそって地図のうえをゆっくりと指でなぞってみる。指がなぞる線の内側がカリブ海だ。この一帯が、コロンブス到来からヨーロッパ諸国が競って植民地にし、人を送り込み、アフリカから奴隷を「輸入」して「調教」し、砂糖やコーヒーといった単一作物を栽培するプランテーションを経営した地域で、その間の貿易から得た莫大な富の蓄積が、現在のヨーロッパ、とりわけ西ヨーロッパ諸国の豊かな文化、生活水準の基盤になっているのだな、とあらためて考える。

しかし見方を変えると、このカリブ海地域は、人間集団の否応ない混交からじつに豊かな文化が生まれた場所でもある。さまざまなスタイルの音楽、ダンス、カーニヴァルといったものは、この土地の人びとの暮らしにとって不可欠であるばかりか、「奴隷はダンスという手段によって身体空間への逃亡を果たす」(ガブリエル・アンチオープ著・

石塚道子訳『ニグロ、ダンス、抵抗』）といわれるように、その集団的経験と記憶を語り継ぎ、意思を伝え合い、過酷な生を生き延びる方法でもあっただろう。ダンスは、人間以下におとしめられた者が人間であるための、激しい抵抗の身振りだったのだろうか。わたしのような部外者には想像するしかないのだけれど。しかし、そういった歴史精神が、カリブ海諸島でいまもさかんなカーニヴァルの底に流れていることは確かだ。

こうして地図をながめながら思うのは、キューバやハイチとフロリダ半島の距離的な近さだ。一方、北の大陸東西に広がるアメリカ合州国に目をやると、東のニューヨークと西のシアトルのなんという遠さ。実際の距離と、人が感じる主観的な距離感の違いに、わたしはいつも軽い驚きをおぼえる。

＊　＊

本書、*After the Dance, A Walk Through Carnival in Jacmel, Haiti* (Crown Publishers, New York, 2002) の著者、エドウィージ・ダンティカが生まれたハイチは、そんなカリブ海諸島の国々のなかでも、ちょっと毛色の変わった歴史をもつ国である。本書にも、その歴史のあらましが語られているように、他のカリブ海諸国に先駆けて、「アフランシス」と呼ばれるムラトー（混血）や自由黒人、さらには奴隷たちの蜂起によって、一八〇四年に宗主国フランスから独立を勝ち取った国なのだ。フランス本国の大革命からわずか十五年後のことである。ハイチの人たちはそのことを当然、大きな誇りにしていて、控えめなダンティカの文章のなかにも、それはにじみ出ている。来年の二〇〇四年一月一日は独立二百周年ということになるのだけれど、国としてのその後の歩みは過酷なものだった。そこには、世界の覇権を競うヨーロッパ諸国や、奴隷制度を堅持しようとした米国の圧力に翻弄され、その後も、独裁政治と北の超大国の「外交」に大きく左右されつづける小国の姿が浮かびあがってくる。

この本は、そんなハイチという国に生まれ育ち、十二歳でニューヨークへ移民した少女が、成人し、作家になって故郷を訪ねる帰郷ノートといっていいだろう。

二〇〇一年のカーニヴァル直前に、南部の海辺の街ジャクメルを訪ねたダンティカは、しかし、カーニヴァルに参加したことがない。おずおずと、カーニヴァルのエキスパート、ミシュレ・ディヴェルスに話をきく場面から幕を開ける最初の章にもあるように、プロテスタントの牧師だったおじさんから、カーニヴァルは危険だ、と参加をかたく禁じられていたのだ。子どものころに植えつけられたそんな恐怖心から自分を解き放つために、彼女はジャクメルへやってきた。歌い踊る群衆に飛び込んで、自分が属する土地の、大勢の人たちに抱きしめられたくて。これはそんな願望を抱く作家が、生まれ育った土地へ帰る旅を通して、読者をハイチへ、ジャクメルへ、カーニヴァルへ、いまも人びとの生活に欠かせない、熱狂的な祝祭空間へといざなうガイドブックでもある。
「死者たちのカーニヴァル」の章では墓地を訪れてハイチ人の宗教観や死生観を伝え、次の章でおおまかなハイチの歴史に触れ、さらに「オヴィッドのジャクメル」の章ではハイチ国民の大部分を占める、農村に生きる自耕自給農民「ペイ・アンデヨ」の姿を活き活きと描き出す。

ダンティカ自身の祖父母もそういった小規模農民だった。父母の世代にレオガーンの田舎から首都ポルトープランスへ移動し、さらに、ダンティカが二歳の一九七一年、「よりよい暮らしをもとめて」まず父が、その二年後に母がニューヨークへ渡っている。

幼い彼女と弟アンドレは、ポルトープランスのベルエア地区で牧師をするジョゼフとその妻ドニーズ夫婦にあずけられた。ちょうど、長年にわたって独裁政治を敷いたデュヴァリエ父子の政権交代の時期だ。おじさんの家には、おなじようにフランス、合州国、カナダ、ドミニカ共和国などへ出ていった両親をもつ子どもたちがたくさんいたという。ハイチのポルトープランスでは、親戚や、家族の友人、知人のなかから、突然姿を消す人が後を絶たなかった。そんな独裁政治のもとで育ったエドウィージだったけれど、田舎で夏をすごした子ども時代はすばらしかったという。この本のなかでも語られているが、山深い田園にからりと広がる大きな空、美しい滝や川の流れ、屋根にあたる雨音といったハイチの自然や風物は、作家エドウィージ・ダンティカに、幼いころの、宝物のような記憶を残しているようだ。

作家の生い立ちについては、後で詳しく触れることにして、カーニヴァルに話をもどそう。

「カーニヴァルの日」の章にもあるように、カーニヴァルというのは「キリスト教徒が四旬節の摂食に入る前に、食べたり飲んだりして楽しみながら、旧い異教徒的な方法で快楽にひたるラストチャンス」なのだという。「聖灰の水曜日」から始まる四旬節とは、復活祭（イースター）前に行なわれる「摂食と改悛の期間」のことで、いわばそのイヴ（前夜祭）が「太った火曜日」という意味の「マルディ・グラ」だ。その年のカーニヴァルがいつになるかは、グレゴリウス暦（キリスト教会の暦）によって決まる聖灰の水曜日に左右される。たとえば二〇〇一年の聖灰の水曜日は二月二十八日だったから、ディヴェルスに「次の日曜日に自分で加わって」みるといいといわれ、ダンティカが小さな手作りバンド「バン・ナ・ピエ」に混じって夢中になって踊った全国カーニヴァルの日曜日とは、二月二十五日ということになる。カーニヴァルでいちばんの盛りあがりをみせるのは、この日からマルディ・グラまでの数日だ。

いうまでもなくキリスト教はヨーロッパ人植民者が持ち込んだ宗教で、それをアフリカ人は強いられた歴史をもつ。しかし、彼らはそれを取り込みながら、独自の宗教を形作っていった。西アフリカに起源をもつといわれるヴードゥー教だ。「ハイチ人の八〇パーセントはキリスト教徒だが、ハイチ人の一〇〇パーセントはヴードゥー教徒だ」というこの国のことわざが、二つの宗教の関係をとてもよく言いあらわしている。キリスト教では「摂食と改悛の期間」とされる四旬節のあいだも、人びとは歌い踊る。ララと呼ばれる春祭りだ。牧師だったおじさんから禁じられたカーニヴァルへ参加することは、だから、ダンティカにとってはハイチの人びととの結びつきを再確認することでもあっただろう。

ジャクメル出身の作家ルネ・デペストルの、いまや伝説となった小説を紹介し、セゲンの松の森を訪ね、ジャクメルきってのアーティスト、ロナルド・ミューズのアトリエを訪ねながら、淡々と書き進められる文章には、ときにリリカルな、ときに静謐な、ときにユーモアに満ちた表現がちりばめられている。歴史や独裁政治に触れる部分は苦く、ずっしりと重い内容だが、それを語る声は高すぎず、低すぎず、あくまで澄んでいる。そして、人びとの素顔を伝えることばには、この作家ならではの温もりがこもっている。その抑制のきいた調子と反比例するようにして、カーニヴァルの日が近づくにつれて高まる興奮と緊迫感が、読む者にもじわじわと伝わってくるのだ。

そしてついにカーニヴァルの日がやってくる。出発地点にはすでに、張り子の仮面をつけたありとあらゆる動物たちが勢ぞろいしている。パレードには「角の生えたコウモリみたいな怪獣」マトゥランも登場だ。張り子の仮面には世界の有名人がたくさんいる。「ガンジーやネルソン・マンデラと握手して、チェ・ゲバラといっしょに写真を撮る」エドウィージ。顔や上半身を真っ黒に塗った若者たち。その年のテーマ、「エイズ」をシンボルとする者たち。危険で派手な踊りで観客をわかせる緑色のレオタード少年「クラポ」。きらびやかな山車に乗ったクイーンたち。合州国に命がけで逃げた難民を乗せた小舟。大音響の音楽を鳴らすミュージックバンド。なんとも皮肉の効いた歌詞。その浮かれ気分にさからえなくなったエドウィージは、パレードの流れに飛び込み、生まれて初めて、群衆にもみくちゃにされながら踊るのだ。

「とうとう、わたしの身体はより大きな存在のなかの、ちっぽけな片鱗になってしまった。集団憑依の一部、大きな歓喜の流れの一部になったのだ……どんどん速くなっていく、もう止まらない……そのわずかな空間と瞬間に、カーニヴァルは、わたしが欲しくてたまらなかった、理屈にあわないすべてのものをあたえてくれるのだから。無名性と、歓喜に酔いしれるコミュニティと、そこに帰属しているということを」

次の日、ディヴェルスと再会したダンティカは、腫れぼったい目をしながらも、まっさらな気分の自分を発見する。そして偶然、テレビに映った自分の姿を見ながら思うのだ。みんなは仮面をかぶっていたのに、わたしは自分に仮面を脱ぐことを許したのだと。

＊　＊

ここで、作家エドウィージ・ダンティカが誕生したプロセスに触れておこう。

彼女が弟とともにニューヨークに渡ったのは、母が渡米してから八年後の十二歳のときだ。観光ビザで渡米した両親が、ハイチに残してきた子どもを呼び寄せるには、まず、自分たちの身分を合法的なものにし、さらに、合州国の援助プログラムの助けを得ずに子どもを養育できることを、移民局に対して証明しなければならなかった。この八年間に、あらたに二人の弟、ケリーとカールが生まれていた。

ニューヨークで、エドウィージとアンドレを加えた六人が家族としてやっていけるようになるには、大きな試練をくぐり抜ける必要があった。自分がいちばん上の子どもだと思っていた弟のケリーが、いきなりあらわれた姉兄の出現にすぐにはなじめなかったのだ。エドウィージたちがハイチから来た養子だと言い張る七歳のケリーと、彼女は延々と口論をするはめになる。揺るぎなき信念をもって主張する弟のことばに、エドウィージ自身、そうなのだろうか、だからこんなに長いあいだ両親と別れ別れに暮らすことになったのだろうか、と心が揺らぎはじめたという。

ジュニアハイスクールに通いはじめたころのエドウィージは、まったくといっていいほど英語が話せなかった。家ではクレオール語を使い、ハイチの学校ではフランス語で学んでいたのだから当然だろう。それでも「第二言語プログラム」で英語を学んだ彼女は、次第にニューヨークの生活になじんでいった。この辺の事情については、本書に続いて出版された『*Behind the Mountains*（山の後ろに）』に詳しい。

ハイスクールを卒業したのち、ダンティカはバーナードカレッジでフランス文学を学び、卒業後は看護士になるための職業訓練を受ける計画だったという。移民した親の子どもの多くが感じる、弁護士、医者、エンジニアのどれかにならなければというプレッシャーを、彼女自身も感じていたようだ。しかし奨学金を得た彼女は、ロードアイランド州プロヴィデンスのブラウン大学へ進むことになる。そこのクリエイティブ・ライテイング・コースで修士論文代わりに書いた小説『息吹、まなざし、記憶』が高く評価され、一九九四年に出版されて、エドウィージ・ダンティカは本格的に作家の道を歩むことになる。この最初の小説は一九九八年、オプラ・ウィンフリーがテレビ番組で大きく取りあげ、全米ベストセラーになった。

九五年に出版された短編集『クリック？　クラック！』はその年の全米図書賞で最終リストに残り、一九九八年の長篇小説――一九三七年に実際に起きた、ドミニカ共和国内のハイチ人虐殺事件をテーマにした作品――『*The Farming of Bones*（骨を耕すこと）』もまた同賞の最終候補に残った。この作品はアメリカ図書賞を受賞している。

エドウィージ・ダンティカはちいさいころから、紙と筆記具をかたわらにして育った。まわりには、家族や近所のおばさんたちが語る物語があふれていた。彼女の書くものは、幼いころに耳にしたそんな物語がベースになっている。母語であるクレオール語で語られ、耳の底に残った話をもとにして、彼女は第三言語として学んだ英語で物語を生み出す。みずからをクレオール語から英語への「翻訳者」と位置づけながら。その文章の余白からは、ハイチの女たちの声がたちのぼってくる。あくまで低い、あくまで熱い、苦悩に満ちながらも、読む者を励ましつづける声が。

ダンティカという作家は、そんな声なき人びとの声を、世界にむかって開いてみせることのできる天性の資質に恵まれた、数少ない作家なのだろう。

デュヴァリエの独裁体制下では、政府に批判的な作家やジャーナリストがある日突然姿を消した。そのことに触れながら彼女は「たぶんわたしは、書くことの危険性に惹きつけられたのかもしれない。沈黙を破ることと真実を語ることのあいだに張られた綱を、危なっかしく渡るような行為に」と語っている。『クリック? クラック!』はその後、クレオール語に訳されハイチのラジオ番組にもなった。

ものを書くなどという仕事で食べていけるだろうか、と心配した両親は、最初は彼女が作家になることに反対したという。生命の危険を感じて国外に出たり、よりよき生活をめざして国外に移民し、いくつもの賃労働をかけもちしながら懸命に働き、故国に仕送りをし、なんとか家族を呼び寄せ、生計をたてている人たちに囲まれて育った彼女はまた、こんなふうにも語っている。

「作家になれたのはとても幸運だったと思う。わたしは腰をおろして自分にその仕事をさせる。ホンモノの仕事〈リアル・ジョブ〉を必死でやる移民の家族の出身なので、書くということにときどき後ろめたさを感じることがあるの。だから毎日ちゃんと起きて、書くというわたしの仕事をやる」

また、「ほとんど、書くということがわたしを選んだといってもいい。わたしには選択権がなかったような気がする」とも語っている。

いずれもエドウィージ・ダンティカが、どのような態度で書く作家であるかをとてもよく物語っている。最後に、ある読者のことばをあげておこう。

「エドウィージ・ダンティカの作品を読むのは、よく効く薬を飲むのに似ている。心地いいから読むわけではない。すばらしく効くからだ。ちびちびとやるにしても、一気に飲み下すにしても、とにかく飲み込む。それを飲めば、いや、読めば、自分が元気になることを知っているから」

＊　＊

この翻訳を進めるうえで多くの人や多くの著作の助けを借りた。まず、ハイチの歴史、政治、社会、人びとの素顔などを知るために、佐藤文則著『ハイチ、目覚めたカリブの黒人共和国』（凱風社、一九九九年）を参考にした。八〇年代後半から何度もハイチに足を運んで取材を重ねたフォトジャーナリスの著作で、すばらしい写真がたくさん載っていて見飽きなかった。マルティニク出身で日本在住の歴史学者、ガブリエル・アンチオープが「奴隷たちはなぜ踊ったのか」と執拗に問いかけながら記した労作『ニグロ、ダンス、抵抗／十七〜十九世紀カリブ海地域奴隷制史』（人文書院、二〇〇一年）も参照した。カリブ海でいまなお人びとの暮らしとしっかり結びついているカーニヴァルを、より深く理解するためにこの本は大変役立つと思う。また、エドウィージ・ダンティカの仕事を励ます、先輩格にあたるフランス海外県グアドループ出身の作家、マリーズ・コンデの著作がおおいに参考になったことも記しておきたい。カリブ海世界と音楽についても先人たちの仕事にずいぶん助けられた。また、在日ハイチ大使マルセル・デュレ氏には、資料や写真などを提供していただき、大変お世話になった。最後に、メールでの煩雑な質問に快く応じてくれた著者、エドウィージ・ダンティカに深謝。なお、クレオール語の読みについてはできる限り調べたが、多少不備な点が残ったかもしれない。読者の方々のご指摘をあおぎたい。

最後に、この本の翻訳を快く引き受けてくれた現代企画室の唐澤秀子さんに心からの感謝を。ダンティカが初来日した二〇〇一年一月、講演をいっしょに聴きにいったのがこの翻訳が出る直接のきっかけになった。さまざまな女たちが集まった読書会「ロカスの会」から広がった友情がこんな形になったのは、とても幸運だったと思う。それを可能にした人びととの出会いに、あらためて深謝。

二〇〇三年七月

くぼたのぞみ